U0523785

■ "厦门口述历史"丛书编辑委员会

学术顾问：李启宇　何丙仲　彭一万　龚洁　洪卜仁

主　　任：蒋先立　唐宁

副 主 任：吴松青　陈旭辉

委　　员：林朝朋　刘冲　戴力芳　张晖　章长城
　　　　　李珊　林晓玲　潘峰　肖来付　林璐
　　　　　林彦　杨艳　郝鹏飞　邱仕华　白桦
　　　　　陈亚元　龚书鑫　孙庆　郑轰轰　叶亚莹
　　　　　戴美玲

主　　编：陈仲义

副 主 编：王琰

厦门口述历史丛书 1
厦门城市职业学院
XIAMEN CITY UNIVERSITY

陈仲义 主编

曾超 等 口述
李珊 采访整理

鹭马扬蹄

——厦门特区建设群英谱

上

厦门大学出版社
国家一级出版社
全国百佳图书出版单位

图书在版编目(CIP)数据

奋马扬蹄:厦门特区建设群英谱.上/李珊采访整理.—厦门:厦门大学出版社,2019.11
(厦门口述历史丛书;1)
ISBN 978-7-5615-7419-5

Ⅰ.①奋… Ⅱ.①李… Ⅲ.①访问记—作品集—中国—当代 Ⅳ.①I253

中国版本图书馆 CIP 数据核字(2019)第 097566 号

出 版 人	郑文礼
责任编辑	章木良
封面设计	张雨秋
技术编辑	朱 楷
出版发行	厦门大学出版社
社　　址	厦门市软件园二期望海路 39 号
邮政编码	361008
总　　机	0592-2181111　0592-2181406(传真)
营销中心	0592-2184358　0592-2181365
网　　址	http://www.xmupress.com
邮　　箱	xmup@xmupress.com
印　　刷	厦门兴立通印刷设计有限公司

开本 889 mm×1 194 mm　1/32
印张 7.25
插页 4
字数 176 千字
版次 2019 年 11 月第 1 版
印次 2019 年 11 月第 1 次印刷
定价 46.00 元

本书如有印装质量问题请直接寄承印厂调换

厦门大学出版社
微信二维码

厦门大学出版社
微博二维码

2005年中国大陆第一条海底隧道动工（李鸢汉摄影）

世界第二座、亚洲第一座三跨全漂浮钢箱梁悬索桥——海沧大桥
（李鸢汉摄影）

厦门 T3 航站楼(王泽源供图)

厦门五通客运码头(王泽源供图)

盖军衔在南极点(王嫣明供图)

音乐之岛(郑小瑛供图)

郑小瑛指挥厦门爱乐乐团在永定土楼(郑小瑛供图)

总序一

因城而生　跨界融合

唐　宁

历史如浩瀚烟海，古今兴替，尽抱其间。鹭岛厦门在千年史籍里沧桑起伏，远古时为白鹭栖所，先秦时属百越之地，而后区划辗转由同安县至南安县至泉州府，又至嘉禾里、中左所、思明州，道光年间正式开埠，光绪年间鼓浪屿成"万国租界"。1949年9月，厦门始为福建省辖市，逢今正与新中国同庆七十华诞。

七十年风云巨变，四十载改革开放，厦门始终走在发展的前列。厦门的经济建设者和文化传承者在这片热土上播洒了无数血汗，书写了特区建设可歌可泣的恢宏篇章，他们的事迹镌刻在厦门历史的丰碑之上。在有册可循的文字记载之外，尚有不少重要的人与事如沧海遗珠，未及缀补。

借此，厦门城市职业学院秉持"因城而生，为市则活"的办学信念，不仅通过专业建设主动对接厦门现代产业体系的需求，为厦门经济建设输送大量高素质技术技能人才，同时也通过多样性文化研究平台的建设，主动担当传承厦门优秀文化的使命。其中，由本校陈仲义教授领衔，汇聚校内英才、兼纳厦门名士，成立的"厦门口述历史研究中心",多年来致力于借助口述历史的形式,采集、整理那些即将消失的厦门城市记忆和历史"声音",成就了一批如"厦门口述历史丛书"这样的重要成果。

卡尔·雅斯贝斯(Karl Jaspers)说:"对人们而言历史是回忆,因为人们曾从那里生活过来,对那些历史的回忆便构成了人们自身的基本成分","人生而有涯,只能通过时代的变迁才能领悟到永恒,因此只有研究历史才是达到永恒的唯一途径"。从这个意义看,口述历史正是文字历史的多元融合形式,二者融合可以实现对文字历史的"补缺、参错、续无"之功。

厦门城市职业学院跨界组建口述历史研究团队,在对厦门城市历史的修撰补充中,通过跨界与融合,使厦门经济建设与文化传承的脉络更加清晰,使人们对过去时代的领悟更加深刻,从而使未来的发展更加稳健。陈寅恪先生说:"在历史中求史识。"而历史的叙写过程何尝不亦为史识的求证过程?历史告诉我们,发展才是硬道理;历史的叙写过程告诉我们,跨界、融合,才是通向卓越发展的道路。这正契合了厦门城市职业学院的办学理念:育人为本,跨界融合,服务需求,追求卓越!

陈仲义同志是与厦门城市职业学院一起成长的专家、教授,长期以来笔耕不辍,著作等身,受人景仰,在中国诗歌评论领域建树丰硕。祝愿他带领的新的团队,为厦门地方文化建设,踔厉奋发,再续前页。

2019 年 8 月

总序二

盾构在隧道里缓缓推进

陈仲义

　　2015年暑期，奉命筹建口述历史研究中心，定位于承传厦门本土文化遗产，"口述"珍贵的人文历史记忆，涉及厦门名门望族、特区建设人才、侨界精英、闽南非物质文化遗产，以及原住民、老知青、老街区等题材的采集、整理、研究工作。

　　以为组织一干人马，并非什么难事。物色人选，各就各位；遴选题材、规范体例、包干到户，如此等等，便可点火升帆。然而，一进轨道，方知险情叵测。这些年来，"双建"（建设国家级示范性院校、省级文明院校）目标之重如大山压顶，团队成员几近分身无术、疲于奔命。先后有三位骨干因教学、家庭问题退出，一时风雨飘摇。面对变故，我们也只好以微笑、宽容、"理解之同情"，调整策略，放缓速度，增补兵源。

　　开工之后，"事故"依然不断：明明笃定选中的题材，因事主"反悔"，说服无效而眼睁睁地看着泡汤；顺风顺水进行一半，因家族隐私、成员分歧，差点夭折；时不时碰上绕不过去的"空白"节点，非填补不可，但采撷多日，颗粒无收，只好眼巴巴地在那儿搁浅，"坐以待毙";碰上重复而重要的素材不想放弃,只能在角度、语料、照片上做大幅度调整、删减,枉费不少功夫;原本以为是个富矿,开采下去,却愈见贫瘠,最后不得不在尴尬中选择终止……诸如此类的困扰大大拖了后腿。好在团队成员初心不变,辑志协力,按既定目标,深一脚浅一脚缓缓而行。

团队从原来7人发展到10多人。校内10人来自中文、社会、旅游、轨道交通、图书馆、办公室等6个专业与部门。除本人外,皆清一色70、80后,正值"当打之年"。校外7人,分属7个单位,基本上属古稀花甲。如此"忘年交"配对,没有出现"代沟",反倒成全了本团队的一个特色。

团队阵容尚属"可观":正高2位、副高8位、讲师2位。其中硕士4位、博士3位。梯队结构合理,科研氛围融洽。特别是校外成员,面对经费有限,仍不计报酬,甘于奉献。

在学院领导的关怀和大力支持下,丛书终于初见规模。作为中心责任人,在选题挖掘、人员组织、关系协调、难题处理方面,虽倾心尽力,但才疏智浅,不尽人意。如果丛书能够产生一点影响,那是团队成员群策群力的结果;如果出现明显的纰漏不足,实在是个人短板所致!

阅读丛书,恍若穿梭于担水街、九姑娘巷、八卦坪,在烟熏火燎的骑楼,喝一碗"古早茶",再带上两个韭菜盒回家;从阁楼的樟脑箱翻晒褪色的对襟马褂,猛然间抖出残缺一角的"侨批",勾连起南洋群岛的蕉风椰雨;提线木偶、漆线雕,连同深巷里飘出来的南音,乃至一句"天乌乌,袄落雨"的童谣,亦能从根子上触摸揉皱的心扉,抚平生活的艰辛;那些絮絮叨叨、缺牙漏嘴的个人"活捞事",如同夜航中的小舢板,歪歪斜斜沿九龙江划到入海口。我们捡拾陈皮芝麻,将碎片化的拼缀、缝补,还原为某些令人歔欷的真相,感受人性的光辉与弱点;也在接踵而来的跨海大桥、海底隧道、空中走廊的立体推进中,深切认领历史拐点、岁月沧桑、人心剧变如何在时代的潮涌中锻造个人的脊梁。

历史叙述,特别是宏大的历史叙述,随着主要亲历者、见证者离去,"隔代遗传"所带来的"衰减"日渐明显。而今当下,历史开始从主流、中心、精英叙事转向边际、凡俗。新地带的开垦,将迎来千千万万普通民众汇入的"小叙事"。日常、细节、互动,所集结的丰富性将填补主流人类学、历史学、社会学、地方志的"库藏",因应出现"人人来做口述史"(唐纳德·里奇)的提倡,绝非空穴来风,而具深远意义。

口述形式,有别于严丝合缝的文献史料,也有别于步步推进的考辨理据;亲切、在场、口语化、可读性,可能更易迎合受众的"普及",这也是它得以存在且方兴未艾的长处,怎样进一步维护其属性、增添其特性光彩呢?口述历史不到百年寿龄,其理论与实践存在诸多争论与分歧。作为基层团队,多数成员也非训练有素的史学出身,但凭着热情、毅力,凭着对原乡本土一份挚爱,"摸着石头过河",应该可以很快上岸。

表面上看,口述历史难度系数不大,大抵是一头讲述,一头记录。殊不知平静的湖面下藏有深渊。它其实是记忆与遗忘、精准与模糊、本然与"矫饰"、真相与"虚构"、本能与防御、认同与质疑,在"史实"与"变形"间的悄然较量,其间夹杂多少明察与暗访、反思与矫正。不入其里,焉知冷暖?

"口述性"改变了纯文献资料的唯一途径,但没有改变的依然是真实——口述史的生命。初出茅庐,许多规范尚在摸索阶段,但总体而言,第一步基本上应做到"如实照录",亦即《汉书》所褒赞司马迁的"其文直,其事核,不虚美,不隐恶"的实录精神,而要彻底做到这一点很不容易。不仅要做到,接下来还要互证(比较、分析),规避口述者易犯的啰唆重复、拖泥带水、到哪算哪的游击作风;而整理者的深入甄别、注释说明、旁证辅助、文献化解、在场还原、方言转换，尤其是带领学生社会实践的参与度，仍有很大的提升空间。

厦门历史文化，比起华夏九州、中原大地，确乎存在不够悠久丰厚之嫌，但与之相伴的闽南文化、华侨文化、嘉庚精神，连同入选国家级非遗名录的歌仔戏、高甲戏、南音、答嘴鼓、讲古等，各有厚植，不容小视。中心刚刚起步，经验不足，稚嫩脆弱，许多资源有待开发，许多题材有待拓展，许多人脉有待联络，许多精英有待挖掘。如果再不努力"抢救"，就有愧于时代与后人了。

其实，厦门出版的地方历史文化书籍还是蛮多的，大到盛世书院，小至民居红砖，成套的、散装的，触目可取。但面对拥挤而易重复的题材，何以在现有基础上，深入腹地，称量而出；面对长年养成的惯性思路，何以在口述语体的风味里，力戒浅率而具沉淀之重？

编委会明白自身的长短，与其全面铺开战线，毋宁做重点突进，遂逐渐把力量集中在四个面向：百年鼓浪屿、半世纪特区、国家级非遗名录、老三届群体。希望在这些方面多加钻探，有所斩获。

无须钦慕鸿门高院，关键是找好自身的属地与"籍贯"。开发历史小叙事、强化感性细部、力戒一般化访谈、提升简单化语料，咀嚼謦颏间的每一笔每一划。罗盘一经锁定，就义无反顾走到底，积跬步而不惮千里之远，滴水穿石，木锯绳断，一切贵在坚持。愿与各位同道一起，继续铢积寸累，困知勉行。

最近刚刚入住东渡狐尾山下，正值二号地铁线施工。40米深的海底隧道，隐隐传来盾构声，盾构以平均每小时一米的速度推进着，与地面轰鸣的搅拌机相唱和。俯瞰窗外白炽的工地和半掩的入口处，常常想，什么时候，它还会碰上礁岩、滑沙、塌陷和倏然涌冒出来的地下水？失眠的夜晚，心里总是默数着：一米、一米、再一米……

2019年4月

内容简介

改革开放40年,厦门从昔日封闭的海防前哨成长为亮丽的特区重镇。

各路建设大军涌现出优异的突击队与排头兵:他们中间有学徒出身、自强不息、三度涉险南极的"中华技能大师"盖军衔;有披荆斩棘,率领国贸挺进"世界500强"的何福龙;有敢吃螃蟹,第一位到厦独立投资的港商曾琦;有厦门信息化建设开拓者、全国劳模李振群;当波音757的银翼掠过高崎航空港,大陆第一条海底隧道正被曾超的"路桥"们打通;当《鼓浪屿之波》的旋律漫过郑小瑛的指尖,实小老园丁的双鬓又染白了许多……

厦门特区建设的群英们,正是这场伟大历史变革的见证者。他们从不同行业角度,讲述风云变幻的亲历,谱写中国梦的壮丽篇章。

目录

天堑变通途
——厦门路桥建设集团有限公司原副总经理兼总工程师
曾超口述实录　　　　　　　　　　　　　　　/ 1

敢为天下先
——厦门国际航空港集团有限公司原副总经理、董事
王泽源口述实录　　　　　　　　　　　　　　/ 22

使命与担当
——厦门国贸控股有限公司原董事长兼党委书记
何福龙口述实录　　　　　　　　　　　　　　/ 39

人民邮电为人民
——福建省移动公司原党组书记李振群口述实录　/ 62

我的中国制造梦
——香港宏泰集团、厦门宏泰集团董事长曾琦口述实录　/ 99

从小学毕业生成长为"技神"
——妻子讲述盖军衔的故事　　　　　　　　　/ 123

阳春白雪，和者日众
——厦门爱乐乐团首任艺术总监郑小瑛口述实录　/ 163

让孩子快乐学习成长的"教育魔法"
——厦门实验小学原校长尤颖超口述实录　　　/ 190

附　录　厦门表彰经济特区建设30周年杰出建设者　/ 214
后　记　　　　　　　　　　　　　　　　　　　/ 216

天堑变通途

——厦门路桥建设集团有限公司原副总经理兼总工程师曾超口述实录

口述人：曾超

采访整理人：李珊

时间：2018 年 6 月 4 日上午

地点：厦门路桥建设集团有限公司办公室

口述人简介：

　　曾超，男，1958 年 10 月出生，厦门路桥建设集团有限公司副总经理兼总工程师，教授级高工，在厦门桥隧结构工程的科学攻关、重大技术突破和工程现场技术管理中做出了突出贡献。

口述人曾超（曾超供图）

　　他作为亚洲第一座三跨连续全漂浮悬索桥——海沧大桥，以及大陆第一座大断面海底隧道——翔安隧道的技术总负责，被誉为"肩扛两座通道"的工学博士。在工程可借鉴经验不多的条件下，他知难迎难，勇于尝试，突破了多项世界级施工技术难关，填补了国际、国内隧道建设的多项空白，高标准、高品质完成了这两项举世瞩目的工程，先后获福建省"科技进步集体一等奖"、"重点项目建设功臣"、省"五一劳动奖章"。

　　他重视科技创新，始终把系统化的科研、试验作为工程建设的技术保障和推动力,合理采用新材料、新技术、新工艺,取得显著效益。 他依靠国内技术力量,主持开展了一系列大型桥梁、隧道的关键技术课题研究,取得了大量卓有成效的创新成果。 厦门海沧大桥在全省首获我国土木工程科技创新最高荣誉奖——詹天佑奖。

他注重技术人才培养,创造条件让年轻技术人员接受磨炼,他们中许多人已成长为厦门工程界的栋梁之材。 他潜心学术研究,在国家级核心刊物发表了数十篇专业论文。

李珊:曾总,您是怎么到厦门路桥的?

曾超:我在福建泉州出生,1978年到西南交大去读书,一直读完博士,然后又留校工作了四年,在成都一共待了十四年半。1993年的时候听说厦门要建一个跨海大桥。我的专业是桥梁结构工程,觉得在学校工作一直是纯理论,如果能够干一点实际工程,会更有意义。

当时我厦门的同学告诉我,是潘世建副局长负责海沧大桥的筹建,要找就去找他。我谁也不认识,也没有任何关系,就拿着自己的简历,跑到交通局门口去等他。当时交通局还在思明北路。见到他,我先做了自我介绍。他很客气,讲他们欢迎我来,但是又担心我这个博士来到这里没用武之地,会不会大材小用了。所以他建议说:"要不这样,你就先借调到我们这里,过来工作一段时间,看能不能适应。能,你就过来;不适应,还可以回学校。"我想,既然下了决心来,就应该不留退路。不然一遇到困难,就可能想打退堂鼓。我讲,还是一步到位算了。他说行,就把我的材料接了。就这样,我就过来了。

李珊:从高校到企业,能适应吗?

曾超:1993年6月,路桥公司为了海沧大桥建设这个项目成立。当时的公司才二三十个人,负责整个项目的融资、建设、管理、营运,包括还债,全部都管。公司成立的时候,潘世建同志担任总经理,我们都叫他潘总。潘总在会上说:"我是不论学历的,不论你是博士,还是中专生,大家都在一个起跑线上,最后要看你的能力。"所以,我刚来的时候,也是从最基层做起。公司也没有房子,那个时候我们住在莲坂农民的出租房里,我和那些小年轻,刚刚毕业的大学生,三个人一个房间。我爱人过了几年才调过来。最难受的时候,会深夜一个人坐在莲花的马路牙子上痛哭,觉得委屈又茫然。

刚来的时候,那种心理落差还是很大。在学校里都得叫我老师的小年轻如今跟我平起平坐,一开始,还是蛮困难,挺不适应的。比如说,在学校比较超脱,做一些比较高端的研究,不会去管那些鸡毛蒜皮的事情。现在工作性质变了。当时我做的那些事,可能中专生、大专生都能做。比如说那个时候,我们还是在做前期研究,经常要开各种各样的大型的专家论证会,请了很多国内的专家,还请日本的专家。我就做过接机呀,接待呀这些活儿。心里头也很委屈,我一个博士,做这些杂务,还有打字。

李珊:打字?

曾超:对啊,各种会议文件需要打字。那个时候我自己学了五笔输入法,可以用电脑盲打,我打字的速度比我们单位专职的打字员还要快。就干这些事。所以我中途也曾经想回学校去。我就给潘总讲这个事。这个时候,他就帮我分析。他说:"你回学校做科研,也是一种方向,但是留下来,你接触到的,是一个实实在在的大工程。既然出来了,就咬紧牙嘛,克服一下困难。"我还是听他的,又咬咬牙,坚持下来了。要不然,我可能打道回府了。

李珊:前期工作不少吧?

曾超:为了建设海沧大桥,前期调研用了整整10年时间。我是1993年开始做一些前期工作，1995年国家纪委才批准这个项目。前期调研包括诸多方面，如水文、地质、气象、环境等。比如说为了收集海沧大桥周边的风向情况，当时在火烧屿设立了收集站，整整花了一年时间收集气象资料进行研究；还查看了厦门气象台有史以来的风向记录，因为厦门处于台风多发带，这么大跨度的桥，对风非常敏感。风向还只是前期调研的一部分。海沧大桥所处的位置，下面是港口，上面是高崎机场的航空起降带，建桥时还得考虑货船的通航，比如说建桥的最小空间应该是多少。20世纪80年代末，中国才刚刚开始研究大跨度的桥梁，相关的技术刚刚起步，我们是摸着石头过河，建桥时还得研究建桥技术，如材料制造、机械加工等。

李珊：所以海沧大桥的选址很考验你们？

曾超：是啊。前期第一个是研究大桥的线位，当时也有好几个线位，基本上都要经过火烧屿。我们现在选择的线位比较靠山，当时主要考虑保护自然环境和保护资源。现在这个桥位主要是在火烧屿的最北端，因为要在火烧屿上落桥墩。原来有一个方案桥会更直一点，就是要从火烧屿中间过去，把火烧屿一分为二。但火烧屿上还有一些地质现象要保护起来，所以我们线路尽量靠北，尽量把这里完整保存下来。另外，从中间这么过去，虽然桥的线路会更直一点，但是这个线路会从海沧这边的生活区跨过去，出入不方便。现在靠北以后就把这整块比较完整地保存下来，这对房地产开发还是比较有好处的。所以现在我们看到的海沧大桥不是笔直的，而是打了一个S形的弯，打了弯后对它的景观还是比较好的，明显比直直的好。第二个就是桥型选择，我们选择的是悬索桥。这个地方受到航空的限高，因为附近是高崎国际机场的起降带，上面不能超过一定的高度，而底下又要保证通过5万吨的货轮，通航高度也是有要求的，所以就被压在一个很有限的空间里面。这样子的空间又要大跨度,又要跨过东渡港,在东渡港再立一个桥墩可能会影响航行,所以只能选择悬索桥了。悬索桥的选择也是有讲究的,当时国内虎门桥、江阴桥和我们的海沧大桥三座悬索桥都在建设,那两座桥的边跨不是悬吊的,底下是选择有桥墩的,这样肯定会节省造价,但有桥墩边跨就会受到限制,土地就会被占用。我们没有选择和他们一样的方法,而是采用了悬吊的方式。其一,我们的边跨刚好要经过东渡港区,采用悬吊法就能直接跨过去,把东渡港区完整地保留下来,这个是从功能和实用上体现出来的。其二,采用边跨与悬吊以后,主缆的线形就会更漂亮。悬索桥是一个柔美的结构,除了主缆悬吊以外,它是一条抛物线,是弯曲的,边跨悬吊以后它的形状也是弯曲的,所以这个桥整体就显得比较漂亮。当时在国内这是第一次选用三跨全漂浮悬索桥的体系,它带来的好处首先就是边跨上没有墩子,节约了土地;其次是行车舒适性比较好;最后,整个三跨就是一个整体结构,抗风性能比较好。第三个,20世纪90年代厦门车比较少,所以桥要修多宽这个争议算比较大的。我们现在看到的是双向六个车道还加两个紧急停车带,在紧急情况下就有双向八个车道来使用。当时有很多部门、很多人提出厦门没有多少车,双向四个车道就够了,这个是争议非常大的。当时这项工程是潘总在主持建设,他据理力争把它建设成现在这个样子。如果现在是双向四车道真的是堵得不得了,从今天看来当时这个决定是很超前的。如果没有这种超前意识的话,是很难坚持的,所以现在回过头来看,这种跨海的通道是一种资源啊,你在这个位置上建一个跨海大桥的话就把这边的资源给占了。如果修窄了,然后再来弄也是很不合适。我们在研究第二东通道就是往翔安的另外一个通道时,便把它做成双向八个车道,因为这个通道是迫切需要的,所以就得尽量把它修宽点,免得以后再来拓宽很麻烦。第四,海沧大桥的景观设计,是比较系统的。像20世纪90年代,改革开放不久,能很好地考虑桥梁景观是比较少的。因为要考虑景观,就会给结构设计增加困难,或者带来造价上的一些增加,但桥梁的景观效果就不一样。那个时候我们应该说就有这个理念了,这种做一个建筑物,像桥梁啊,道路啊,都应该把它当作大地的艺术品来建设。你看路桥承接的重大项目都成了厦门的重要景观了,比如金砖国家领导人厦门会晤央视拍的那些,包括五缘湾这些帆船、桥梁等,都反映了路桥在那个时代所完成的一些工程。这些工程给厦门添了景色,这也是海沧大桥、环岛路建设那时候就非常重视的。我们海沧大桥结构里头,塔的顶都不是平的,和国内大多数桥顶不一样。这种建筑方式加入闽南建筑的元素,还有与色彩、夜景、灯光和周边环境的协调,对这四个大方面做了系统的研究。颜色的选择,也是做了很多方案。美国的旧金山大桥是红色的,很漂亮。我们选择银灰色,也有自己的说法。为什么没有选择红色?因为厦门这个地方,很炎热,如果选择红色,就感觉很燥。原来有很多人想选择红色,在闽南,建筑物也多用红色做基调,红砖、红瓦,都有。但我们还是选择了银灰色,给人一种比较宁静的感觉,不要那么热烈。另外银灰色和海、天相衬,比较融合。但是,我们的栏杆用了红色,这比较醒目,有利安全,同时又是厦门建筑的一种元素。后来灯光的处理,也都经过了一系列的设计,非常系统。

应该说,这座桥,在我们国内,第一次开创了系统的景观工程设计和建设。还有我们经过的牛头山、火烧屿、大屏山,都建成了公园,尤其在牛头山做了很多造景,等等。在建桥的时候,就把这些充分考虑进去了,形成一个连续的系统的整体视觉效果。所以这座桥建成以后,真的很漂亮。夜晚看比白天看还要漂亮。

这座桥后来也被评为"国内一百座有影响的建筑"之一。现在海沧大桥的跨度在国内虽然算不上大,因为中国桥梁发展得很快,

但是对厦门来说它还是非常漂亮的。

海沧大桥夜景(李鸾汉摄影)

李珊：什么时候开工建设的？

曾超：当时的海沧大桥指挥部是在牛头山公园这一块，是在1996年9月开始动工的，到1999年底完工，用了三年时间来建设。由于当时我们的大跨径桥梁技术才刚刚起步，便和日本的长大公司进行了国际合作，当时日本悬索桥技术是最先进的。资金的筹资方面也是比较创新的，因为以往国内基础设施建设模式都是政府财政来投资，像海沧大桥在当时要20多亿元，在20世纪90年代政府财政还是很有限的，单靠政府从财政收入拿出这么多钱来建设，基本上是很困难的。所以市委在建设体制上做了一个改革，成立了路桥公司，企业可以通过贷款、上市这些金融手段来进行融资。路桥公司成立以后，政府把厦门大桥这个资产划到公司，所以这个资产可以拿去银行做贷款；也把火烧屿这块土地资产划给公司，目的是一样的，也是做一个资产的抵押。后来路桥公司上市了，利用上市在市场筹集资金，还有一个日本输出入银行的贷款,这个在融资方面也是创新的。施工用了三年,应该说是非常快,这座桥的建设批复概算是27亿元左右,后来结算下来差不多是20亿元,节约了不少钱,其中也与那几年的物价下降有关。我们在通车典礼上也邀请了日本的专家,他觉得很不可思议,说这么大的桥梁工程三年就建成了,在他们日本这至少得六年。后来我们给他这么算:"在你们日本施工一天只做8小时,而我们一天干了24小时,那我们一天不是顶你们三天了吗?"所以我们三年完成其实是很正常的,国外是很少加班的。这也是我们中国海沧大桥的特色,速度之快让国外的人大开眼界,但实际上我们都是加班加点地干,没有假期。

李珊:建设过程中遇到了不少困难吧?

曾超:与传统的悬索桥相比,海沧大桥的施工工艺无疑是当时最先进的。它在国内首次采用了三跨连续全漂浮钢箱梁悬索桥设计新技术,成为世界第二座、亚洲第一座特大型三跨全漂浮钢箱梁悬索桥。传统的悬索桥大部分都是单跨简支体系,而三跨连续全漂浮钢箱梁悬索桥是一种新型的悬索桥结构体系。当时采用这一新技术,主要基于三点考虑:首先,抗风性比较好;其次,这种桥梁更美观;最后,行车舒适度高,主桥面有1108米长,但中间没有一道伸缩缝,这正是这种桥型独到的地方。海沧大桥的建设顺序呢,肯定是先从基础做起,先施工桩基,然后到桥梁的塔柱,做完以后就要挂主缆,弄好就开始挂吊杆,吊杆挂完就吊装钢箱梁,后面就开始焊接,焊接好后就是主缆的防护,要对主缆进行保护、防腐。这个做完就是桥面铺装,铺装完就是交通工程、护栏、灯光、监控等,基本就是这个顺序。那个时候我们上班都是在工地上,办公室都在工地。有一次,指挥长到工地上视察,看得非常仔细。他每次都是这样仔细。那天,我们去看塔的基座。按要求,基座也要做成曲面。曲面是非常难做的,这又是第一次做,出现了一些裂纹。裂纹的产生,原因很复杂,因为这种结构,模板比较复杂,还要考虑浇筑施工的情况,等等。他看了非常生气,就在施工单位面前发了火。施工项目负责人是中交一工局的一位总工,在这个地方做项目经理。指挥长很不给他面子,毫不留情,很严厉地批评了他。在建设过程中也会遇到很多困难,第一是大桥的钢箱梁,我们当时放在武昌造船厂制造,生产完要走长江入海,整个运输过程中要保证钢箱梁的安全,那也是一个复杂的操作。在六七月份台湾海峡风浪很高,这些都是要考虑的。当时像我们的厦门造船厂还是实力不足,因为有一些工艺控制,做得没有武昌造船厂好,所以就在那边生产。第二是边跨悬吊,钢箱梁要在海中间吊起来,再弄到陆地上去,这在当时也是比较困难的,要用特殊的施工工艺。另外一个印象比较深刻的是,在通车之前的1999年10月,厦门经历了14号台风,风力等级非常高,都超过12级了。当时厦门市长来我们这边检查安全,问台风来了这个桥是否安全。我们就和市长说是安全的。我们的回复是有根据的,基于两方面。首先,这个桥有做过专门的风洞实验,在四川绵阳,当时是在国防科工委的一个低速风洞群,它也是当时国内最好的,专门吹飞机啊,吹导弹啊。我们放在那边吹,试验结果显示自然界任何等级的台风对这个桥都不会产生破坏,所以我们心里就有数了。其次,当时的钢箱梁全部已经吊完焊接完,赶在台风之前我们全部把它弄好了。钢箱梁是一节一节的,一节大概10米,好在当时已经全部焊完了,否则风一吹就会对桥造成损坏,所以当时也比较幸运。那场台风非常厉害,都把桥塔边上的塔吊拔出来了。当时我们都很害怕塔吊倒塌砸到大桥,使大桥受损,在现场看得十分紧张,还好没有塌下来。

李珊:您具体是负责什么的呢?

曾超:我在施工中担任副指挥长,当时办公的地点就在工地上,公司也比较小,所有工作都是围绕着这些建设来做。我们也得去爬高,下工地去检查,当时塔顶离地面120多米,爬梯还是很危险。我们这座桥的工程质量监督机构,是国内仅有的由交通部、福建省、厦门市三级质量监督机构组成的"监督办",在现场常驻办公。采用这种模式,整个海沧大桥质量监控是非常严格的。所以,这个项目质量做得非常好。随便说个例子,比如钢箱梁等钢铁结构的防腐,这么多年了,都没有出现什么锈蚀。海边一般的钢结构,哪里经得起这么多年的风吹日晒,早就锈迹斑斑了。

这种机制,为什么说是"国内仅有"?因为这个项目以后,再也没有这种模式了。交通部不再参与地方工程的质量监督了。那个时候刚刚起步,大家都在探索,所以有这种模式。这也说明交通部对这个项目的重视。

通车典礼是在2000年元旦。习近平同志出席了典礼,他当时是省委副书记、代省长。典礼有搞一个剪彩,是由建设单位、设计、施工、监理等几个方面的代表一起上去剪彩。领导没有剪彩,也没有讲话,他们在边上看。海沧大桥建成通车,同时建成的还有中国首个以桥梁为主题的博物馆,也就是厦门的桥梁博物馆。

海沧大桥通车典礼(李鸾汉摄影)

不仅如此，在2002年还出版了一套海沧大桥建设专著，共9本，从科研、桥梁景观等方面总结了海沧大桥的建桥经验。其中的《桥梁景观》，是国内第一本桥梁景观专著，被高校编入了教材。编书的目的是，一个大工程做完以后，要总结一下经验，留下来，让大家共同分享。就是说，我们要为工程界做点贡献，不仅仅是海沧大桥这个物质产品，还要把成功的地方、不足的地方通通记录下来，成为精神产品，留给后人借鉴。

包括后面建的翔安隧道，建好以后，我们都组织人力，从设计、施工、管理，各方面的人员组织起来，把过程整理出来编书，也留下一笔精神财富。

建桥过程的确很辛苦，建博物馆，就是把建桥的过程、技术等内容，像科普一样展现给民众。桥梁博物馆就坐落在海沧大桥东岸硕大的锚锭里面，这个在国内也是首创。博物馆由海沧大桥建设展示馆、中国桥梁百年回顾展示馆和海沧大桥监控中心三大部分组成。像我们建设过程中的笔记等实物都在里面，你有空可以去参观一下。

尤其值得一提的是，2010年，海沧大桥还获得了"詹天佑奖"。这是我国土木工程科技创新的最高荣誉，大桥建成9年后能获得这么高的荣誉，充分证明了海沧大桥质量"过硬"。

李珊：大桥建好后，并不意味着跟你们就没关系了吧？

曾超：是啊，大桥的管养也是我们公司承担的。一个特大桥，建好了以后，怎么把它管好、养好，也是需要动脑筋的。潘总很重视，引进了国外的先进技术。当时欧洲的管理理念和管理技术很先进，我们就和丹麦合作，把它那一套管理的模式吸收过来，使得海沧大桥的管理养护，也是国内交通部系统做得最好的。

我们一起合作开发了一套软件，学习他们的管理理念，强调标准化、规范化。这座桥隔多久要做什么检查，都把它标准化。时间的间隔,哪一个部位,检查什么内容,怎样记录,都把它模板化。

我们把这座桥拆解成多少个零部件,每个零部件要做什么管养的事情,都详细列出来。这样就可以避免不知道什么时间做什么,怎么做。哪怕是新员工,照着做就行了。

这个软件系统当时是很先进的,在国内我们最早把它引进来,叫作"特大桥的养护管理体系"。当然,这个也是要花钱的,这是人家的知识产权。当时我们国内也没有这种理念。

李珊:您是什么时候开始参与翔安隧道的工作呢?

曾超:2000年海沧大桥通车以后,我就开始接手翔安隧道的前期工作,其实在1997年就开始做翔安隧道的研究了。我接手以后,翔安隧道还是桥梁的方案,当时最初的方案是斜拉桥。我刚刚接手时也是这么想,因为厦门建的海沧大桥是悬索桥,大跨径的桥就是悬索桥和斜拉桥这两个桥形,就想在厦门建一座斜拉桥,这样就齐全了。但是接手以后,随着研究的深入,就发现周边的条件对这个桥梁是有限制的,一是这个位置离高崎机场非常近,受到高度限制;二是这个地方是中华海豚的保护区,所以对海洋环境保护要求比较高;三是人们慢慢意识到,厦门每年都有台风,如果都是修桥,那台风季节可能全部桥梁都要封闭,这个岛就变成一座孤岛了。所以修一个能够全天候使用的通道,对厦门来说也是很重要的。提出隧道的方案,大概是在2000年以后。建隧道的争议是非常大的,当时建桥比较有经验,风险也是比较小的,如果在这么复杂的地质情况下修隧道,在中国是第一条海底隧道,肯定是缺乏经验的。虽然我们有山岭隧道的施工经验,但是海底隧道毕竟有很多和山岭隧道不一样的地方。最重要的是隧道是从海底下穿过的,万一在海底下隧道冒顶了,危害是灾难性的。最后还是选择采用海底隧道的方案,这不管从政府来说还是我们企业来说都要下很大决心。最终促成决策的两个考量,一是环保,修隧道对中华海豚的保护比修桥梁更好;二是厦门需要全天候的进出岛通道,台风来了照样可以出得去。

李珊:建翔安隧道跟海沧大桥比,感觉有什么不同吗?

曾超:海沧大桥属于技术方面的困难带来的压力,而翔安隧道的压力更为复杂,一出事财产和生命的损失都不可想象,而且社会影响很大,对整个中国的海底隧道修建都会有影响。所以,建这条隧道的挑战性很大,挑战人的心智和智慧。

李珊:翔安隧道是中国大陆第一条自主设计、自主修建的海底隧道,这个第一不好当吧?

曾超:确实,很多事情我们都是边干边摸索,都是前所未有的。海底隧道,最重要的就是安全,我们在国内率先引入"安全总监一票否决制"。安全总监参加所有施工方案的讨论,如果发现了安全隐患,他可以立即下令停工。在施工前,我们还编制了安全管理办法,把这个办法加进了招标文件。一般来说,招标文件通常是一些合同条款,把安全管理加进去,这是前所未有的。这些措施为翔安隧道的施工创造了一个非常严格的环境,要求施工单位把安全作为人员、资金投入的重要组成部分进行考虑,而且还是作为硬性指标来执行。

2004年,当建设还没有开始时,对修建用的高性能混凝土的试验就已经开始了,因为这条海底隧道要在盐雾侵蚀下,达到保用100年的标准。而2006年,前期混凝土质量检测才被列入国家标准,翔安隧道再次走在全国前列。翔安隧道还有个"首建制",这个制度要求一项建设环节必须从头到尾保持质量的高度一致。一旦通过,今后同样建设内容必须与前面的保持同一个标准。

另外,我们还会到厂家去监督采购施工材料的项目。比如施工的钢结构、机电设备,就派人跑到广东和上海的厂家,现场盯着看,保证原材料出厂就是高标准的。

在修建过程中,除了市级交通质监部门每个月的检查,翔安隧道还接受了两次由交通部副部长带队的"国家级"督察。两次都得到了督察组的高度评价,各项指标都是优秀。

中国大陆第一条海底隧道动工(李鸢汉摄影)

李珊:当时修建过程是怎样的呢?

曾超:修这个海底隧道我们也跟挪威、日本、英国有进行技术合作,主要是我们设计完的方案,或者我们在施工中间有些施工方案,请他们一起来研究,借助他们的经验。但是实际上我们修这个海底隧道的地质比这几个国家的复杂得多,所以学习也是双向的,我们既是向他们学习,他们也通过这个隧道向我们学习了很多东西。像挪威海底隧道非常多,但是地质条件多是非常好的,当然也有遇到不良地质的,他们采用的冷冻法等都是耗资比较大的。我们面对不良地质主要是采用注浆的方式,我们的山岭隧道也都普遍采用这种技术,只是不同的地质采用注浆的参数、工艺不可能完全一样,不可能照搬照抄,一定要根据地质情况来做一系列的研究,才能确定采用什么材料、什么工艺,怎么控制。翔安隧道设计的施工时间是4年,后面完工是4年9个月,说明它的困难强度超乎了我们设计的预想。因为是中国大陆第一条海底隧道,必然要付出一些代价。像我们在海底下第一条风化深槽的施工,100多米差不多用了20多个月时间,因为要大量地注浆,还要小心翼翼地挖,控制开挖过程中的地质沉降。在海底下这些控制不好的话,沉降可能会带来海床开裂,和我们有些地下工程,地质沉降后,就会造成路面开裂、塌陷的道理是一样的。如果海底下海床开裂、塌陷的话,那海水就会涌入隧道了,在70米水头压力下发生涌水,后果是不堪设想的,所以施工安全控制比陆地上要严格得多,施工进度比较慢。当时办公地点在五通现在路桥管理公司那个地方,海底下施工通风条件比较差,热,潮湿,盐分比较高,环境还是比较恶劣的,一些一线工人的皮肤都出毛病,施工任务还是比较艰巨的。施工期间遇到过几次险情,原来很好的地质突然就开始塌了,还有透水,像服务隧道施工时,翔安那端要经过450多米的沙层地段。那种沙是非常细的,而且没有黏合料,一遇到水就马上坍塌了。施工时,水突然就下来了,堵都堵不住。后来就从那边退后了100米,修了一堵挡水墙,把那100米隧道全部都封掉了,里边全都淹了。透水沙层刚好是在滩涂段,这地段如果没涨潮是淹不到的。我们就利用这个因素,在隧道顶上建立一个人工围堰,先把它围起来,不让涨潮的水进来,把它变成人工岛一样,然后再从上面进行处理。从地面打孔,把服务隧道的透水掌子面用水泥砂浆封堵完后,才敢把那堵挡水墙打开来。在这段施工上我们也做了一个比较大的变更,就是在450米这个地段修了一个人工围堰,在隧道上面做了一面地下连续墙,通过这个地下连续墙把周边地底和海水隔开,等于在地底下做了一面二三十米深的墙,因为水不仅从上面进来,更多是从地下渗进来的。当时我们的服务隧道是比主隧道超前的,因为它的洞径比较小,涌水还是可以控制的,如果是在主隧道影响就非常大了。另外通过服务隧道来发现问题，可以指导后面主隧道的施工。后来遇到的大险情可能有三五次，有一次抢险最长时间达72小时。出险以后，第一个要把它的掌子面封堵起来，要打混凝土墙，从底下打上去，连续十几个小时打，直到把整个掌子面封住，水才会封住。封住以后再注浆把透水通道、塌方体填充起来，不透水了才继续施工。这个在《厦门翔安海底隧道工程技术丛书》里面都有披露，我们在做技术总结的时候全部公之于众。但是在施工时，如果遇到险情就披露会引起恐慌，当时很多谣言说施工死了多少人，实际上施工过程中没有死人，这个也是不容易的，后来也得到国家安监总局和交通部的表彰。但是我们建的时候从来没有向外面报道过，当时压力非常大，一出险，我们公司的领导都要第一时间赶到现场去。这个项目市里面主要是潘副市长负责，我们公司黄灵强是总经理，我任项目总监理工程师，主要负责技术、质量之类和现场施工管理。像这种大的出险我们都会在现场，有什么重大问题我们都会一起研究。

2006年1月12日，曾超在翔安隧道施工现场（李窝汉摄影）

李珊：这个工程也得到了各级领导的重视吧？

曾超：2010年2月15日，大年初二，胡锦涛总书记春节期间来到翔安隧道工地，亲切看望和慰问了在工程一线的隧道建设者。上午9点15分，胡锦涛总书记乘坐的车缓缓驶入隧道进口右线洞口。胡总书记面带笑容地走下车来，我们路桥建设集团总经理黄灵强和我分别向总书记汇报了翔安隧道的建设情况，总书记不时会提出专业性很强的技术问题，详细询问海底风化槽深槽施工情况。当听说这条8公里多长的海底隧道是我国修建的第一条海底隧道，并攻克风化槽等诸多难题时，胡总书记指着图纸上的红道道关心地说："就是这里吧，一定要科学施工，保证安全！"随后，胡总书记步行进入隧道200米处，职工们正在紧张地进行隧道装修施工，总书记边看边问。从隧道里返回时，离洞口不远处已经站满了身穿工作服的施工人员，胡总书记停住脚步，双手合十向人群高高举起，并大声地说："同志们，过年好啊！"在场的施工人员大声地回答道："总书记过年好！"接着，胡总书记充满深情地说："同志们！今天是大年初二，很高兴在这里会见同志们。你们在春节期间还坚守岗位，奋战在建设工地上，在这里，我代表党中央向同志们表示亲切的慰问，祝大家新年好！我知道在场许多是我们的农民工兄弟，农民工是改革开放进程中成长起来的一支新型劳动大军，在我国社会主义现代化建设成就中凝聚着广大农民工的辛劳和贡献，我们希望各级党委、政府要更加重视、关心农民工，及时维护广大农民工的合法权益，帮助广大农民工提高技艺技能和社会适应能力，使农民工在我国的经济社会发展当中发挥更大作用。"总书记还要求我们保证质量、保证安全，把翔安隧道工程建设成优质工程。

我们也确实没有辜负胡总书记的期望，翔安隧道结构防腐蚀等级高，结构能抵抗8级地震，施工工艺达到世界级水平，工程质量合格率100%，施工实现"零死亡"，被交通运输部确定为全国三大样板工程之一。2010年，市里召开了翔安隧道工程建设先进集体和个人表彰大会，我印象很深的是施工单位代表念了一句参建工人的诗句："历史把重担交给了我们，我们把大海扛在了肩上。"我们在洞内建有一幅70米长的浮雕，名叫《永不言弃》，位置在F1风化槽附近，表现了建设者攻克这一世界性难题的场面。在五通端洞口还有6米多高的《永不言弃》巨型雕塑。这组雕塑既展现建设者挑战世界级难关的形象，又表现了他们一往无前的力量和不屈不挠的拼搏精神。

曾超在詹天佑奖颁奖大会现场（曾超供图）

李珊：翔安隧道之后呢？

曾超：翔安隧道完了以后，我就接手机场的一些填海造地工程，再后面比较大的就是第二西通道，也是厦门第二条海底隧道。建第二西通道是比较有经验的，一些技术难点也比较有把握了。第二西通道在翔安隧道还没完的时候已经在做前期了，在2016年动的工，翔安隧道是在2010年通的车。第二西通道的设计工期是

建成后的翔安隧道（李鸾汉摄影）

四年半，比翔安隧道缩短了三个月。

李珊：这条隧道的选址和施工有什么考量呢？

曾超：当时考虑厦门本岛往西面只有一座海沧大桥与海沧区连接，海沧大桥每天的车流量已经达到12万，远远超出了这座大桥的通行能力，这么超负荷的运行对大桥本身也是非常不利的，所以要尽快地再修一个通道到海沧区域。最终确定的海沧海底隧道起于海沧马青路互通，以隧道形式穿越厦门西海域，隧道入口位于海沧大道与拥军路交叉口附近，在象屿码头附近进入厦门本岛，沿湖里区兴湖路前行，终止于石鼓山立交以东火炬北路处。这个项目往西面今后通过海沧的疏港快速路，可以连到厦成高速，往漳州方向进来也会比较便捷；往东面今后和第二东通道连接，可以通过第二东通道到翔安南路；再往东面就往泉州方向了。所以从整个同城化角度来讲，这个通道也会起到很重要的作用。

这条海底隧道跨越的海域是3公里左右，比翔安隧道跨海部分会短一些。但是海底部分也同样存在着3条风化槽，所以翔安隧道碰到的一些困难，在它的过海部分也会碰到。此外，它比翔安隧道难的地方，就是它在厦门岛这一侧要沿着兴湖路来进行施工。兴湖路现在已经是交通非常繁忙的城市主干道，另外两边有大量的居民楼房，在这样的一种环境下施工，施工期间要保证交通的顺畅，还要保证周边居民的安全和建筑物的安全。这些都是这一次施工会碰到的一些新的难点。

海沧隧道整个工程分为A1、A2、A3三段，同时施工。A1标段从起点至象屿码头附近海域，A2标段从象屿码头附近海域至悦华酒店附近，A3标段从悦华酒店附近到终点。A3标段还预留了未来第二东通道（翔安大桥）的接口。岛内段的A3标段施工难点还有不少。A3标段其中一段上跨地铁1号线区间的基坑底离地铁隧道顶最小距离才6米，桩基底距离地铁结构边线仅2.4米。施工中，要保证地铁1号线主体结构安全，防止基坑隆起导致地铁区间上浮。目前，上跨地铁1号线主体结构全部完成。

厦门经济特区建设30周年庆祝大会上曾超作为建设者代表发言

（曾超供图）

李珊：那您目前的工作主要是哪些呢？

曾超：10月我就要退休了，现在主要就是做一些技术和工程管理上的指导，定期去工地检查，参加重大技术方案讨论和一些工地例会。

路桥的年轻人经过这些年的工程锻炼已经成长起来了。另外厦门理工学院成立了一个厦门城市创新发展研究院，我和中国工程设计大师、中交公路规划设计院副总经理、港珠澳大桥总设计师孟凡超（教授级高工）受聘为客座教授，主要还是讲讲海底隧道。还有去厦大做讲座，因为老师和同学们书本读得挺多，但是实际的见得少，有必要把我们的翔安通道和第二西通道给他们介绍介绍。

敢为天下先

——厦门国际航空港集团有限公司原副总经理、董事王泽源口述实录

口述人： 王泽源
采访整理人： 李珊
时间： 2018年9月8日上午
地点： 王泽源先生家

口述人王泽源（王泽源供图）

李珊： 王总您好，您是怎样来到厦门机场的？

王泽源： 我是空军第十四航空学校毕业的，在航校学习了四年，毕业后分到华东民航局，当时叫上海民航局，搞机务维护修理，

后来搞党务和管理工作，在上海待了21年。1983年5月，组建厦门机场，我被调到中国民用航空厦门站，先后担任航站副站长、厦门高崎国际机场副总经理、厦门国际航空港集团副总经理等职，至今仍担任翔业集团董事会董事，见证了厦门航空业从无到有、从小到大的发展历程。

厦门航空港从建成至今已经历了35个年头，建设初期的情况仍历历在目。厦门经济特区成立后，建设机场成为当务之急。有个故事，1981年初，万里副总理要到厦门考察经济特区，从广州坐汽车，据说坐了两天半才折腾到厦门。他来厦门后，对这事儿很激动，跟当时的邹尔均市长和陆自奋书记说："你们要建特区，没有机场就没有厦门经济特区。你们要发展经济，要引进外资，人家怎么来？"把建设机场的重要性提到了这个高度。因此，厦门市委、市政府当即把建设机场提到了议事日程。

省委老书记项南为厦门机场的建设操碎了心，非常支持。要建设机场，既缺资金，又缺航空技术人才。据说当时省财政收入一年才十几亿元，要拿出1亿多元这么大块的资金来建机场是有困难的。正好当时国际上有个项目，愿意在发展中国家寻求好的项目来投资。在国家的支持下，厦门机场获得科威特阿拉伯经济发展基金会贷款600万第纳尔，相当于2100万美元，解了燃眉之急。

有了钱，厦门机场于1982年1月破土动工。省里为支持厦门机场建设，把最强的施工团队，闽江水电工程公司、林业工程公司、省三建、水电部三航六公司等都拉到了机场，高峰期有1万多人在现场施工。建设最快的是塔台，一个星期一层。

国家民航局委托华东民航局从民航14个单位调集103位各类技术骨干来厦解决了人才短缺的问题。为了让这些骨干安心来厦门，他们的家属都可以在厦门落户，农业户口可以农转非。后来青岛流亭和合肥洛岗机场修建也想这么招揽人才，就不那么容易了，因为大多都被厦门挖走了。

这些骨干经验丰富，而且吃苦耐劳，夜以继日安装调试设备。有些设备不全，他们就回原单位借。那时候生活条件十分艰苦，吃的是井水和池塘水，有的同志不适应还拉肚子，连洗澡的条件都没有，住在工棚里，蚊子很多。但是大家满怀激情，没人叫苦，基本上没有过过星期天，一切为了早日通航。

从1982年1月动工到1983年7月试航成功，用了一年半多的时间基本上把机场建成了。一般情况下，建设一个机场要四年左右，因此被业内人士誉为"特区速度"，建设质量获国家银质奖。可以说厦门机场的组织者、建设者无愧于这个伟大的时代。

厦门特区机场开工动员大会（王泽源供图）

机场基本建成之后想马上通航，定在1983年10月22日。离试航成功中间只有两个多月时间，很多工作扫尾还没有完。一个是在7月试航的时候，因飞行区都是新平整的土地，试航时飞机一吹尘土飞扬，这怎么办？真是急得要命。后来租了香港几台喷撒草籽的设备，在跑道、滑行道两侧，停机坪周边用高压枪大量喷撒草籽，经精心养护，两个多月草长出来了，草坪泛绿了。再就是航站楼尚未同步完工，决定因陋就简，利用特种汽车库做候机室先运作起来。计划开通4条航线，就是厦门到北京、上海、福州、广州，不久又开通了到香港的航线，但是香港航班的运作是按境外航班的程序对待的，所以边检、海关、卫检、动植检等都得进来，拥挤在特种车库里，大家也都理解了。

李珊：那旅客怎么上下飞机？

王泽源：用客梯车。

李珊：他们要走多远？

王泽源：因为停机坪只有2.4万多平方米，很小。遇刮风下雨除提供部分雨具外，都得靠走，没有办法。引进的摆渡车到位后才得到改善，条件十分简陋。

李珊：首航是到哪里？

王泽源：第一个航班是厦门到上海，用三叉戟飞机飞的。通航那天，谷牧副总理、叶飞副委员长、杨成武政协副主席、国家民航局沈图局长等以及中央机关领导、省市领导都来了，搭了一个主席台进行讲话。沈图局长和科威特费萨尔亲王为通航剪彩，这是厦门航空业解放后零的突破。

我们全航站一共才170多人，还涵盖了空管站、油料公司和航空公司的部分功能，大家全力以赴，特别是机关的同志既是服务员又是搬运工，确保运行万无一失。最初连办公室和食堂都没有建好，在机场修建处搭伙，条件非常差，硬是挺过来了。

最早的厦门高崎机场，是1940年日本人强拆了3个村庄修建的，只有一条1200米长的土跑道。从1946年起，国民党的"两航"（中国航空公司和中央航空公司，基地都在上海龙华机场）曾在这里用14座的C-46小型飞机飞过一段时间，完全是为达官贵人服务的。共飞了8条航线，分别是到上海、福州、广州、汕头、台北、高

通航首航式上的三叉戟飞机(王泽源供图)

1983年10月22日,民航局沈图局长和科威特费萨尔亲王
为通航仪式剪彩(王泽源供图)

雄、香港和马尼拉。1949年8月厦门解放前夕停航。由于两岸对峙,机场荒废了30多年。

厦门机场距金门机场很近,空中只有37公里,我们通航时台湾当局故意搞鬼，把通信频率跟我们搞得很接近，妄图误导我们的飞机到金门机场落地。后来他们也担心自己的飞机误落到厦门，便将频率改了。

机场旧貌(王泽源供图)

李珊：您记得刚通航的时候机票是多少钱一张吗？

王泽源：到北京大概是97元，很便宜。我是从上海调过来的，当时上海到南京11元,上海到杭州是13元,就这么便宜。所以厦门通航后机票非常紧张,一票难求,这种状况持续了10多年。

厦门高崎国际机场航站楼、候机楼、办公大楼全景(王泽源供图)

李珊:1983年通航之后又经历了哪些大的发展?

王泽源:谁也没想到厦门的航空市场会发展这么快,从地形上看厦门背靠大海,辐射大陆,是一个狭窄的扇面形,厦门的经济在1983年的时候还很不发达。没想到很多城市都陆续开通了厦门航线,另外马尼拉、新加坡、吉隆坡也陆续开通了至厦门的国际航线,在厦门通航的第六个年头,1989年客流量已经达到了115万人次。

李珊:这个数字有什么意义?

王泽源:突破百万,是个什么概念呢?国家民航局文件规定,突破百万的机场为大型机场,主要领导干部都是按厅级干部配备的。厦门机场的旅客流量在大陆机场中排在第六位,一个名不见经传的厦门小航站,跃居大陆十大繁忙机场之列,可以说创造了一个奇迹。

1988年10月，厦门机场在通航五周年之际又经历了管理权下放。厦门作为经济特区，又是四大经济特区首个建机场的城市，市政府想自行管理机场。这在民航史上尚无先例，也是个重大体制问题。经省市与国家民航局等职能部门反复协商，结果还不错，国务院最终批复，作为试点，同意厦门机场下放给地方政府经营管理。

1988年10月22日，在厦门机场，由民航总局管德副局长和福建省施性谋副省长分别代表国家民航局和福建省签订了厦门机场下放协议。可能是厦门试点成功了，第二年全国所有机场，除了首都机场和拉萨机场稍缓以外，基本上都下放给地方政府经营管理了。

自1949年11月，军委民航局成立后，全国民航一直隶属空军建制，直到1980年3月才脱离空军，成为国务院直属局。民航的干部大多来源于空军。1971年9月13日林彪叛逃事件发生，为了"掺沙子"，陆军才陆续进到民航。由于体制原因，民航多年来形成了吃"大锅饭"不计成本的局面。

1988年10月22日，中国民航厦门站召开下放交接仪式暨厦门高崎国际机场、民航厦门航务管理站、民航厦门国际机场油料供应站成立大会（王泽源供图）

要下放了，难免有些同志在福利待遇、人员流动等方面产生了各种想法，为此邹尔均市长还在机场召开了市长办公会。邹市长说今天是专题会议，就是机场下放问题，大家畅所欲言，有什么问题尽管说。几分钟之后，有同志提出来原来的福利待遇能不能保留。邹市长说："什么待遇？你说。"说了半天就是些补贴问题，如住房补贴、水电补贴、交通补贴，还有洗衣费等，加起来也就是几十块钱。邹市长说所有这些补贴都保留。另外又加了一个特区补贴15块钱。还有同志提出来，担心人事关系归厦门后，会不会把他们调离机场，调到某个工厂去，他们又不懂闽南话，这怎么办。邹市长说："你们想多了，你们是我们引进的人才，学的是航空，专长就是航空，把你们调到工厂干什么？换句话说，你们想去我们还不一定批呢。"大家就都笑了，问题一个一个圆满解决。

后来我们还和市财政签了一个以机场养机场的协议（简称"以场养场"协议），出发点就是不要搞收支两条线，扩大机场的自主权。利润不上交，扩建机场的资金自筹。当时全国大多数机场都是亏损的，市财政也很清楚。协议规定收入的60%作为发展基金是不能动的，剩下的20%为奖励基金，20%为福利基金。超额完成部分，奖励基金和福利基金各占25%。这个协议在开始的几年还是起到了一定的激励作用。随着机场的发展和国家各项制度的完善，本协议有些条款显然已不能适应，但是机场自筹资金进行大规模建设始终未变。

李珊：二期扩建工程所需资金量很大，机场是怎么筹措的呢？

王泽源：厦门机场开创了新的投资模式，以机场为主体自筹资金。比如我们公开发行"厦门机场"股票，也是民航第一家公开发行股票的单位。再就是通过境内外商业银行贷款，还有就是发行企业债券。我们压力最大的是1997年，一天的利息要50万元，但都顶过来了。其实企业有一定的负债率是好事，有钱才可以活起来，不是说既无外债又无内债就一定好，这是叫花子做派，不是好管家。

李珊：二期工程是什么时候开工的呢？

王泽源：由于一期工程设计规模太小，规划设计到2000年旅客流量才30万人次，其实1989年就已经突破百万人次了。这就使跑道短、停机坪小、航站楼面积小拥挤不堪的不足之处，成为突出问题。当时也难怪，有多少钱办多少事。

2150米长的跑道，只能起降中小型飞机。市委陆自奋书记说："我们修一个机场只能飞这小玩意儿，我死不瞑目，砸锅卖铁也要让大飞机飞起来。"所以，二期工程扩建势在必行。

由于一期工程我们使用外资非常成功，所以科威特政府又追加贷款530万第纳尔，约合1800万美元。但是，二期工程需要20多亿元（最后落实是23亿元），剩余部分全部由机场自筹。我们有这个胆识，有这个雄心，也承担了极大的风险。当时大陆修建或者扩建机场都是由国家投资，厦门机场开创了一个先例，我们也感到很自豪。

1992年7月20日，厦门高崎国际机场二期扩建工程开工（王泽源供图）

1992年7月动工的二期工程有两个项目影响比较大,一个是填海延长跑道,这个在全国还是没有的。跑道一头是大高坡,坡下是鹰厦铁路,不可能改道;一头是大海,要延长跑道唯有填海。经过一期、二期工程两次填海,总共向大海延伸了710米,最深的地方要填13米厚,土方量非常大,搬迁了一座山包,取土区就是现在的五通码头。有人把这个土方量跟高集海堤做了比较,高集海堤是20世纪50年代填出来的,因为土方量大,朱德副主席题写纪念碑"移山填海"。我们的土方量是高集海堤的5倍,有人说厦门机场又经历了一次移山填海,这个毫不夸张。

另一个大的项目,就是修建了一座面积13万平方米、比较现代化的T3航站楼。其规模说起来也很有趣,当时我们想超前一点,建大一点,可以支撑八年十年的,把扩建报告送到行业管理的国家民航局。没想到专家不同意,我们有些想不通,我们是用自己的钱,不用民航出钱,只求批项目。跑了多次,最后批了8.6万平方米。这8.6万平方米是怎么来的呢?据说是专家拿城市人口自然增长率的公式推算出来的,可能他们没预估到厦门的流动人口。怎么办?省市都同意建13万平方米,其中就有4万多平方米是"黑户口",直到T3航站楼建成使用才有了"准生证"。

T3航站楼至今已经用了20多年。现在看仍然不俗气,而且非常实用。其设计当时我们坚持了国际招投标,由加拿大一家公司中标,设计理念还比较新,除彰显闽南风格外,内部流程比较合理;加上我们有外汇额度,引进了一些先进的设备;而且管理服务比较规范,被誉为全国一流。

这座航站楼于1996年11月底启用,朱镕基总理1997年春节来机场视察。他前前后后、楼上楼下认真看了运行情况,笑了,说越看越满意。我们听了很激动,总理都肯定了,这是对我们工作最大的鼓励和鞭策。我们的《航空港报》想把"越看越满意"这句话登在报上，总理同意了。总理这么夸奖了，各个兄弟机场纷纷来考察调研，连大哥大首都机场都来了，我们感到很荣幸。广大旅客对我们的建设和服务也给予了很多的表彰。我经常说，厦门机场的建设和发展从某一个侧面也为厦门赢得了荣誉。

随着客流量剧增，T3航站楼已超负荷运转多年，原设计能力是800万～1000万人次。2009年已突破了千万人次大关，建设T4航站楼刻不容缓。新机场尚在选址中，八字还没有一撇，如果没有新航站楼作为过渡届时势必运转不了。

经与市里反复协商，市里同意了。2014年建成了10万平方米的T4航站楼，缓解了燃眉之急。T4航站楼我们还比较满意，样式比较新颖，采光也很好，12座剪刀式的登机桥，避免了进出港旅客的交叉，现代化程度和旅客候机的舒适度都得到了提升。T3、T4双楼协同运作，可以支撑到新机场投入使用，否则情况是不可想象的。

T4航站楼(王泽源供图)

35年来，我们一直在探索新的经营管理模式。厦门机场经历了三个阶段：第一个阶段是1983年5月成立民航厦门站，固守传统的经营管理模式,确保飞行安全和服务质量,收支两条线。第二个阶段是1988年10月管理权下放,成立厦门高崎国际机场,这是个探索阶段,路怎么走,全国还没有一个成熟的模式。第三个阶段是1995年1月成立厦门国际航空港集团(2012年1月改为翔业集团),这是航空港的升华阶段,越搞越好。我们创造了新的模式。

什么是新模式?就是在航空主业做精的前提下大力拓展多业化经营,增强机场自身的发展活力。二十多年来,机场的经济效益和社会效益都得到了很大的提升,企业的形象也得到了同行和社会的广泛好评,业绩,毫不夸张地说,可圈可点。从2003年开始,在省、市政府的大力支持下,我们先后重组了福州长乐机场、武夷山机场、龙岩冠豸山机场,应该说都是比较成功的,为支持一方经济发展做出了积极的贡献。

当时福州长乐机场由于经营管理不善,负债率高达106%,运营已经出现极大的困难,据说发工资银行都不肯贷款了。省委、省政府非常着急。时任福建省代省长的习近平提议,让厦门机场出面重组。在习近平的支持和推动下,长乐机场得以顺利重组,活了过来,与厦门机场同步发展,焕发活力。通过这件事,习近平的魄力和果断给我们留下了很深的印象。

重组后的长乐机场,移植厦门机场的经验,打破干部的铁交椅、员工的铁饭碗,让两个机场的干部有意识地交流任职,主要是转变观念,这个非常重要。重组后的第三年,长乐机场开始盈利,还得到文明机场的称号。

现在,集团所辖4个机场发展势头都很好,为当地经济和社会事业做出了贡献,赢得了荣誉。集团亦成为跨地域的综合发展的航空港集团。

李珊:集团领导班子是个有战斗力的集体,您怎么看?

王泽源：厦门机场的发展除了得益于我们党的改革开放的好政策，再就是得益于企业有一个好的领导班子，特别是主要领导人、董事长王倜傥，他25年来为机场的建设和发展做出了特殊的贡献。他善于听取各方的意见，诚信勤勉，以身作则，善于学习和总结经验，站在全局高度统筹兼顾，以超强的决策和调控能力，统领发展方向，探索出一套比较有效的经营管理模式，尤其是在决策中有前瞻性。比如说当时填海取土区五通这块地怎么开发有争议。他提出来建码头，优势是比东渡码头到金门近得多。因为投资较大，当时包括我在内的一些同志都质疑行不行，最后还是决定干。建成后机场与五通码头之间用快线车接驳乘机旅客，很方便。海陆空我们都有了，服务功能更齐全了。

厦门高崎国际机场领导班子（左起：党委副书记张连夫同志、总经理、党委书记王倜傥同志、副总经理王泽源同志、副总经理王燕飞同志）

（王泽源供图）

李珊：这些年机场的实力不断增强，一个重要原因是你们大力拓展多元化经营吧？

王泽源：不错！为什么要大力拓展多元化经营呢？因为航空

主业的发展受制约比较多。增加航线也好,增加航班也好,我们说了不算,是被动的;收费标准是根据机场的不同类别,由国家民航局制定的,换一句话说,收费价格是死的。所以我们不失时机地提出来"以主带辅,以辅养主",后来又提出"主业做精,辅业做大"等经营策略。

经过20多年的培植,到2017年,打造出元翔、佰翔、万翔、兆翔四大品牌,又着力打造出机场(码头)、酒店、供应链与物流等八大板块,计48家产业公司,形成相互支撑、协同发展的格局。其中酒店业和航空食品业,已经走出福建省,除了厦门、福州、武夷山、龙岩、漳州、泉州之外,还辐射到上海、南京、黄山、青岛、拉萨等12个大中城市。经济效益和社会效益都很好,集团的品牌形象也得到了很大提升。

到2017年,非航空业收入已占集团总收入的85%以上,这个比例是什么概念?世界上管理比较先进的机场,其非航空业收入最高占到60%~65%。从这个意义来说,厦门机场在十年以前,就已经步入世界先进机场管理的行列了。

李珊:中国大陆机场的辅业收入状况如何?

王泽源:听说大陆机场辅业收入只占20%~30%,有的稍高一些。我们占到85%以上,民航总局几次推广厦门机场的做法,效果不十分显著,可能还是机制上的问题。

李珊:前几年我看到很多企业,不管国企还是民企,喜欢进入比如金融类、房地产类快速赚大钱的领域,你们好像做实业比较多。为什么?

王泽源:我们不愿意挤入房地产这类行业,这不是我们的长项,去参加这方面的竞争风险也比较大。厦门航空港的品牌效应影响还是比较大的,比如说二期工程我们招了几十位高水平的工程技术人员,二期完工后,就适时组建一个科技公司,充分发挥人才的强项。几十个机场现代化的项目都是我们参与搞的,专长得到了发挥,也为集团创造了不菲的效益。

从2007年起,翔业集团入选"中国服务业企业500强",排名第301位。从2010年起,连年入围"中国500最具价值品牌",位列第211名。2018年,翔业品牌价值已达219.75亿元。翔业集团是福建省信用等级评价最高的企业。在民航保障服务方面多次受到国家民航局的表彰,1996年以来在行业评比的10年内8次荣获民航机场服务最高奖"用户满意优质奖";在开展的"旅客话民航"活动中10年评比7次荣获第一名。有6个集体、52名个人获省市先进荣誉称号。央视和《厦门日报》等多家媒体曾多次报道集团各保障单位高标准、高品质的服务。翔业集团的形象已成金字招牌。

王倜傥(右)荣获2011年度中国最佳人才管理奖(王泽源供图)

厦门航空港在建设发展中,开创了五个"第一":第一家利用外资兴建的机场,并成为使用外资的典范;第一家下放到地方政府经营管理的机场,探索出一条新的经营管理模式,并取得成功;第一家发行股票上市的机场,拓宽了融资渠道;第一家自筹资金进行大规模扩建的机场,开创了新的投资模式;第一家拓展多元化经营、提升自身发展活力的机场,并按商业运作模式重组三地机场,成为跨区域的航空港集团。

李珊:您能介绍一下新机场的情况吗?

王泽源:当前,一条跑道的现状严重制约了厦门机场的发展,亟待翔安新机场早日建成投用。翔安新机场选址,厦漳泉都兼顾到了,而且近空条件也非常好,发展空间很大。计划明年上半年动工,可望2023年建成使用,届时将有两条跑道、62万平方米的航站楼。如果能如期通航,预测到2026年客货运输量将分别达到4500万人次和75万吨货物,服务质量将有很大提升。我深信,随着翔安新机场的投用,厦门航空业将出现新的更大的高峰,将更加光辉灿烂。

使命与担当

——厦门国贸控股有限公司原董事长兼党委书记何福龙口述实录

口述人：何福龙
采访整理人：李珊
时间：2018 年 9 月 6 日
地点：厦门大学

口述人简介：

何福龙，男，1955 年 10 月出生，厦门国贸控股有限公司原董事长兼党委书记，现任厦门陈嘉庚教育基金会理事长，全国"优秀企业家"，厦门市首届"十大杰出企业家"，全国劳动模范，享受国务院特殊津贴，获"改革开放 40 年 40 位福建最有影响力企业家"称号。

口述人何福龙（何福龙供图）

他早年提出国贸股份以贸易、地产、港口物流"三足鼎立"的战略构想，带领团队将"厦门国贸"打造成为上市公司百强。他推进国贸控股资源优化整合和有效配置，壮大国有资产主体，以两家上市公司为两翼，推动国有资本发展，使国贸控股进入发展新时期，在他正式告别职场的 2017 年，国贸控股跻身"世界 500 强"。

他创新企业管理模式，坚持"法人治理"机制。公司董事会、监事会、经营班子既分工又合作，既互动又制衡，为企业健康发展奠定了坚实的机制基础。多年坚持总经理每月向董事会、监事会报告工作制度，每年组织各投资企业间的交叉审计，有效提高了企业整体风险防范能力。建立了统一的融资平台，国贸股份先后多次成功实现再融资，为国贸股份跨越式发展提供了有力的资金保障。

他重视企业文化建设，倡导"大舞台、大学校、大家庭"的国贸文化。设立"国贸爱心基金"，已先后资助近百位困难职工。把企业文化与企业公民意识紧密结合，在税收、就业、企业形象、产品质量、员工等方面积极履行社会责任，国贸控股暨旗下多家子公司被评为中国驰名商标。

李珊：何董，请简要介绍一下您早年的经历。

何福龙：我们是所谓的"文革""新三届"，"文革"后期只能读到高中毕业，其中还有幸遇到了邓小平所谓的"复辟"，多少读了一些书，1974年我还算不错，因为符合政策可以留城，没有到农村去下乡。但是，即使可以留城，也感觉到前途非常渺茫。1977年恢复高考对我们这些人来讲，是石破天惊。恢复高考以后，我终于跟百万的高考大军进入考场。记得那个时候考试对于我们都是很陌生的事情，现在回想下来，也都过来了。后来，我步入了大学的殿堂。大学毕业以后我当过老师，当过公务员，还有幸到王永庆公司在厦门筹办的企业工作，对我了解当时整个的世界经济特别是台资企业的先进管理是很有帮助的。后来组织上派我去香港《大公报》，出任财务负责人。虽然离开了厦门，但是有机会在香港见证资本主义的发展，这些对我来讲都是终生难忘的经历。

李珊：改革开放初期您在从事什么工作？

何福龙：应该是在20世纪80年代至90年代初，我正好是在特区政府管理部门负责HR(human resource,人力资源),就是负责招聘。我参与了印华厂第一批员工、悦华酒店员工的招聘。印华、悦华和厦华,当时称"三华",是厦门特区的一道亮丽的风景线。

在此之前,大部分员工都是属于固定工,企业跟员工更多是一种只进不出终身式的雇佣制。那个时候涌入了很多外商投资企业,还有中外合资企业,它们带来了资本主义最先进的管理经验。我印象很深的是,不论是在原来国企工作的干部职工,还是新毕业的学生都非常认可一张纸。这一张纸既不是组织上的任命,也不是调令,就是甲乙双方员工和企业之间的契约,有期限,有规矩,也有约束。应该说这一纸并非定终身,而是定下彼此的权利和义务,在当时是很新鲜的东西。看似不起眼的改革,在当时却忽如春风一夜来,带来了很好的反响。

我们今天回过头来看,改革开放也好,企业经营管理也好,人的问题始终是一个首要问题,企业的"企"字,无人则止。你可以设想当时如果用工制度、薪酬制度,不借鉴国外的先进管理办法,厦门特区早年生产力该如何解放。

李珊:当时具体的经过和情形,您还记得吗?

何福龙:记得。在"三华"从简单的操作工到文员,过去是大学生指定计划分配,当时国内主要是大学生统招统配,外资企业和港澳台企业就提出能否自主招聘,实行合同制。这个在现在看来是很普遍、很普通的事情。但是在当时,特别是原来吃习惯了大锅饭的老的国企员工,甚至包括政府的公务员,的确需要鼓足勇气,把"铁饭碗"变成"瓷饭碗"。当时甚至有官员提出能不能铁饭碗先放着,他下海"溜达溜达"再看看,以至于早期还有停薪留职一说,就是关系放在原单位,人到外企,不行还可以随时回来。记得当时从过渡出发,考虑到这毕竟是一个新生事物,为让他们有一个拐弯,我们也认可这种停薪留职的办法。

结果合同制试行下来以后，大家的各方面评价都非常好，久而久之，人们也习惯了这种"自绝后路"的崭新用工形式。"一花引来百花香"，用工制度的改革，也奠定了改革开放一个新的篇章。

李珊：当时应聘的人很多吗？

何福龙：报名很多，但是看到这个合同可能就吓退了很多人。因为当时这还不是习惯，大家总担心这个东西是不是靠谱，铁饭碗打破了，万一以后养老出现什么问题怎么办。现在回头看，这个是成功了。

李珊：您是哪一年从香港回厦门来的？

何福龙：香港回归前后我就回到了厦门，被安排到国有投资运营公司当高管。之前 HR 的经验和财务的经验奠定了我很好的基础。我回来的时候，正好碰到了赖昌星走私案爆发，这对厦门人民，尤其国企的工作人员乃至厦门整个政界、商界，对厦门的改革开放不无益处。因为清查走私，清查了一些案件，清查了一批腐败官员，反过来使得人们认清了很多道理。比如过去有人认为法不责众，经历了风波以后，大家都明白并非法不责众，作为一个公民，还有企业更应该要遵纪守法。

2006 年 5 月 25 日，我和时任总经理的张耀章同志，从黄菱副市长手中，接下了沉甸甸的更名后的国贸控股牌匾，从那一刻起我们就深感责任重大。厦门国贸控股有限公司是由厦门市商贸国有资产投资有限公司（1995 年成立）更名成立的。当时整个公司经营到了低谷，创历史新低，因为卷入了走私案件，是法人走私。何为法人走私？当时钢材是限制销售的，只能自己用。很多企业就偷偷把钢材拿到外面去销售，从现在来看，当然是违法的。但是在当时相当普遍，所以就有人因为法人走私锒铛入狱。虽然个人不拿进自己腰包，但不等于就没有问题。

李珊：当时国贸是一种什么样的情况？

何福龙走马上任（何福龙供图）

何福龙：我是在厦门国贸最低谷的时候上任的。当时厦门国贸遇到了成立以来最大的困难，经营一度陷入困境，2000年利润只有400多万元。最糟糕的还不是业绩的下滑，而是士气的下跌、人心的涣散。

李珊：您接到组织任命的时候会觉得很突然吗？

何福龙：还好。当时我已经代表国有投资运营公司成为厦门国贸的董事。应该讲是"众里寻他千百度"，我之前从来没有当过一把手，从来没有这么正儿八经地领导过一个企业，所以对领导来讲，也是抱着试试看的心态。

我出任国贸董事长的时候，国贸已经20岁了。20岁的企业本应该是风华正茂，但是当时却处于最低谷。由于看不到前景，在我上任最初，很多人离开了，我的心理压力很大，开始在企业做详细的调查和了解。我很快发现，国贸拥有20年的企业文化积淀，拥有一批充满理想和抱负的同事，留住人才的一个很关键的因素在于机制。厦门国贸是国有控股企业,曾经有些人说国有控股企业很难有好的机制,这一点我不同意。其实,机制让舞台更大。

常言道,心有多大,舞台就有多大。所以,我一上任,决心从人下手,就是薪酬改革。当时国贸的待遇非常低,大概也就是全市同行业的最低水平。这个时候,我觉得作为董事长,如何让我们的员工特别是高管、骨干怎么能有尊严地活着、体面地活着,是最重要的。如果他的收入根本都不够他支撑一个家庭,他怎么会对这个工作有感情?所以第一个,从薪酬改革开始,提薪。

很多外贸企业,很多像我们国贸这样的企业,做业务都在个人的口袋,最后那一帮人就跑掉了。直至今天,厦门很多外经贸行业还活跃着一些国贸的业务骨干。我们痛定思痛,怎么才能留住人才?有一些是我们辛辛苦苦培养的,早些时候薪酬改革只是提薪,做一些局部的修改,我们觉得这不够。我们要搞股权激励机制。所谓股权激励就是给他们做一个金手铐,把个人的利益与企业的利益紧紧地捆绑在一起。过去好也罢歹也罢都是企业的,他只盯住自己的奖金,资源浪费得很厉害。变成持股人后,连张复印纸都会去两面复印,物尽其用。一旦解放出员工的生产力,特别是业绩、股权一旦激励起来,效果非常明显。

以厦门纺织品公司为例,这家公司前身是集团的纺织品部门,主要出口棉纱、毛巾等纺织品,一年的营业额有二三亿元,利润在200万~300万元之间徘徊。因为看好它的前景,我们就对它进行改制,让业务骨干持有公司30%的股份,让他们在国有企业圆了当老板的梦,能够当家做主。让员工持股,从表面上看,集团的"大蛋糕"似乎被切走了一块,但是员工的干劲足了,当年的营业额一下子突破了6亿元。尝到甜头后,国贸连续改制了10多家子公司,效果出乎意料地好。哪怕是在并不优越的市场环境下,进出口贸易业务仍然表现出很强的竞争实力和增长潜质,进出口额始终保持在一个较高的水准上。从2017年开始,国贸对重点大学和普通大学的毕业生实行入职薪酬差异化,吸引了更多优质毕业生。

第二个,我觉得很重要的是战略。所谓的战略就是让人明白你在哪里,你准备去哪里,你怎么去哪里,更重要的是你要做什么,不做什么。像国贸这种公司,我觉得最重要的是不做什么。2000年时诱惑非常多,讲难听一点就是只要能来钱就什么都做。现在反过来看这个战线拉得太长。我们当时做了很多,历史上的国贸有园林公司、广告公司、会展公司、旅游公司,很多不适合国贸自身发展的业务后来我们都砍掉了。这个砍,刀挥下去都是血淋淋的,都会出现不愉快、痛苦的事情。作为一个国有控股的上市公司,我们不要轻易打破员工的铁饭碗。什么叫作不轻易?我们可以通过调岗,调整工作为员工找出路,但是不赚钱或者是不适合我们的主业,一定要砍掉。

现在回头来看,正是因为有所不作为才使得我们在很多方面能够成功,取得成绩。特别在进入新一轮的战略规划之际,我们刻不容缓地实施了重大的战略部署。以2016年成立的国贸中顺为例,原来国贸控股的国有全资企业要么有地,要么有人,要么有资金,但都有所缺憾,资源分散,要素不全。通过国贸控股全体董监高的共同努力,在全体员工的理解和支持下,用很短的时间,我们顺利完成了中厦公司、顺承公司、国贸开发、国贸物业等非上市投资企业的整合,成立厦门国贸中顺集团有限公司,并顺利地集中搬迁到了国贸控股本部。

第三个,是抓企业文化。我印象很深,当时国贸有自己的口号,叫作"厦门国贸,团结拼搏,争创一流"。这个口号不能说不好,但是有一定的时代局限性。早期,对厦门国贸而言,更重要的是重振信心。厦门国贸在莲坂这栋楼门口正好有一个天桥,它是国贸赞助的。按照当时的赞助条件，天桥上可以搞一个口号，原来的"团结拼搏，争创一流"似乎套在哪个企业都可以。我们认为对国贸这种大病初愈，被定法人走私罪的公司，在人心比较涣散的时候，怎么重振信心很重要。所以当时在天桥打出这样一个口号："厦门国贸，行稳致高。"这个口号提出来以后，大家觉得还不错。因为那几年我们抓了薪酬、战略和企业文化，慢慢士气大增，业绩就提升上来了。上市公司国贸股份2008年的营业额和净利润，分别是2000年的7039倍和92073倍。2011年，国贸控股公司实现营业收入655亿元，利润总额12亿元，在"2011年中国企业500强"排行榜中名列第174名，首次进入"中国跨国公司100大"名单，位居第96位。国贸股份公司2011年实现营业收入456亿元，实现利润总额10亿元，资产总额达到212亿元，在"中国上市公司500强"排行榜中排名第111位，首次上了2011年"中国500最具价值品牌排行榜"，品牌价值52.76亿元；ITG商标被评为中国驰名商标。后来我们对这个企业文化和品牌口号进行梳理，觉得还不够阳刚，因此就在"行稳致高"前面加了一个更大气的"激扬无限"。现在看来"激扬无限，行稳致高"是刚柔结合，有一点胡适老先生"大胆假设，小心求证"的味道。

国贸的目标是要成为令人尊敬的企业。令人尊敬的企业也许不是最大、最强的，但必须是一个值得信赖的企业，一个有自己闪光点的企业。所以后面我们还提出一个很重要的企业文化，就是核心的文化价值观，三个"大"：大舞台、大学校、大家庭。我们要成为员工事业的大舞台、员工继续深造的大学校、员工亲如兄弟姐妹的大家庭。我在2017年春节前参加广州启润纸业公司的年会，以农民工为主体的公司员工斗志昂扬，列队喊着口令进入会场，这是一种企业文化；而国贸每一年的元宵盛典，更是人声鼎沸，一年一度的颁奖让获奖者豪情万丈，有的甚至热泪盈眶。我曾经与国贸

在国贸控股更名成立10周年庆祝大会上讲话(何福龙供图)

异地员工座谈,有员工发言就说:"我就是要明年在公司的元宵盛典上,登台领奖,接受全场海啸般的欢呼。"

参加国贸员工的集体婚礼(何福龙供图)

第四个是很重要的一点,既要懂得找市场,又要学会找市长,就是要充分发挥国企的天然优势。到了2006年,我们隐约感到如果只是企业整体上市并不能够彻底解决问题，让我们做大做强。事实上，厦门国贸和厦门建发有个很大的区别，厦门建发先有老爹再有儿子，跟政府对接非常密切，过去政府可以把会展，把酒店行业给建发，但是就没有办法给国贸，因为国贸是整体上市。基于这个情况，市委市政府2006年决定成立厦门国贸控股有限公司，就是更名成立，把原来厦门市商贸国有资产投资有限公司更名为国贸控股，受组织信任，我兼任母公司的董事长，这样就跟厦门建发并驾齐驱了，离政府更近。因此，我自己体会到作为一个优秀的控股商既要找市场，也要找市长。我印象很深的是，现在集美有一个厦门国贸商城，我们得到这块地是因为承担了嘉庚体育馆的运营。嘉庚体育馆原来如果让政府去管可能一年要亏很大的数字，交给国贸后，为了弥补国贸的投入，政府采用市场运作的办法，将周边的土地公开拍卖，所以国贸有幸能够获得集美大片的土地进行开发。这样就是以地养馆，以馆来兴地，现在看来这个效果非常好。我认为这个可能成为非常经典的案例，既不违背市场的秩序，同时又不浪费社会的公共事业资源。另外国贸一直致力于走出去，不仅走出厦门走出福建省，还走出了国门，现在整个厦门国贸的布局，在大中华区有中国台湾、香港、澳门以及新加坡等。在习总书记提出了"一带一路"倡议以后，不仅在发达国家甚至在新兴国家我们都有自己的布点，所以刚刚步入"世界500强"的国贸理应可以成为具有国际视野的公司。

李珊：您在厦门国贸的第一个十年，企业有哪些变化？

何福龙：第一个十年，我们的总资产增长了将近10倍，净资产增长了7倍多，营业规模增长了6倍多，利润总额增长了近5倍。特别是2015年，我们更是以1026亿元的营收业绩，首破千亿元大关，成为我市第二家挺进"千亿俱乐部"的企业，终于实现了"十二五"战略规划中的千亿梦想。十年来，国贸控股发生了很大的变

在江苏国贸纺织品公司考察(何福龙供图)

化。有一天我要乘的士去国贸商务中心,司机驾驶的汽车却往国贸商城的方向驶去。我说不对,我要去国贸商务中心。司机发牢骚说,冠国贸的品牌太多了,厦门岛内外标有"国贸"二字的地方比比皆是。我想,作为国贸控股人应该引以为豪,国贸控股的事业版图正在日益扩大。更难得的是经过十年磨炼,控股及投资企业的战略思想和企业文化更加成熟,但是我们始终居安思危。国贸控股更名成立十周年的主题活动口号是"十年 千亿 万里路",记得在一次内部会议上我提出:中国乃至全球经济持续下行,可谓是风声鹤唳,包括近期发生的英国脱欧事件都可能改变世界经济格局。国贸控股内部发展不一,有的业务低端运行,纯融资现象还时有存在,风险管控的度没有掌握好,要么过宽,要么过严,控股系统土地储备不足。善于反思应该成为国企职业经理应有的禀赋。

李珊:国贸这些年发展经历了哪几个重要的阶段?跟我们国家的改革开放和厦门经济特区的发展又能够有什么样的相互验证?

何福龙:放在厦门改革开放时代的背景来看,第一个是特区的建设使得厦门有了融入时代改革的红利,因为当时最早的进出口政策只限于央企,进出口权是没下放给地方的。正因为有了改革

厦门国贸中心（何福龙供图）

开放，设立了特区，把进出口权下放给了地方，厦门国贸作为市政府成立的公司，可以分一杯羹。第二个是上市，厦门还有一些其他同类型的企业，比如特贸，由于企业没有上市，公司治理缺乏现代元素；而国贸当时遭受风波的冲击比特贸还大，但是没有倒，因为它上市了，成为一个公众公司。成为公众公司有一个公众利益在里面，这个对国贸来讲是一个带有战略性的里程碑式的发展。第三，我觉得国贸的实力是跟着中国的经济一路高歌猛进，当时的GDP是两位数增长，我们逮住很好的机会，可谓天时地利人和。特别是在整个业态的整合上，我们也顺势而为。我刚到国贸的时候，公司做钢材，究其根本还是产业链的终端，很容易受到房地产和各方面行情变化的影响。钢材这种大宗交易要避免行情的变化，就要整合整个供应链条。于是，我们探索跟钢铁厂进行密切的合作，成为福建三钢（福建最大的钢铁企业）的股东。这样我们可以了解钢铁企业的董事会，对这个企业就了如指掌。后来，我们觉得还不够，还应该做铁矿石。从钢材到铁矿石，国贸整合了上下游,利用供应链金融,包括套期保值等期货手段,粘合了客户,规避了风险,使得价值最大化。

还有港口物流是国贸在2004年之后开始加大发展力度的业务,港口物流业务2005年为国贸贡献主营收入增长幅度高达415％,2006年继续保持137％的巨大增幅。借助于长期经营外贸业务的优势,国贸全资子公司——厦门国贸泰达物流有限公司成为厦门首批A类货代企业。而与和记黄埔合作参股的厦门国际货柜(海沧港区)2006年继续给集团带来了可观投资收益2500多万元,同时也为集团在东渡港区发展自主经营的码头培养了人才,积累了管理经验。短短几年时间,国贸就已成为"中国物流100强""中国国际货运代理100强"企业。厦门的港口物流业务前景无限,因为厦门有独特的区位政策优势、良好的地理条件,可以为客户提供海陆空货运代理等全方位的专业服务,货物可通达世界各主要港口。国贸港口物流的目标是,力求通过与战略合作伙伴的合作,打造强大的综合物流服务网络,成为海峡西岸经济区领先的、拥有公共码头资源优势的、提供"一站式"物流服务的第三方物流服务商和厦门地区码头业内的骨干企业。

再比如金融这一块,中国中小企业贷款难、贷款贵的问题,事实上到今天始终都没有解决,但是我们应该来讲还是及时地发展了金融行业,弥补了这个缺陷。因为我们很多客户,比如国贸的供应商、销售商有很好的市场,有很好的客户,就是资金短缺。有了我们的参与,解决了他们融资难的问题,使得他们能够成为我们黏合度很高的战略客户。国贸期货公司成立于1996年,经过近十年快速发展,从单一经纪业务向经纪、风险管理、资产管理多业并举转变,从厦门本土向境内外多地并举转变。国贸金海峡也从融资担保起步,短短几年间已成为省内名列前茅的为中小微企业提供综合金融服务的专业平台。2015年8月,厦门国贸金融控股有限

国贸代建的领事馆奠基(何福龙供图)

公司正式揭牌,有效整合了国贸控股原有非上市金融资源,统揽了金融板块布局发展,致力于打造独具特色的产贸融一体化的金控平台,从而成为国贸控股公司新一轮战略发展的重要增长点。到目前为止,国贸控股拥有期货、小额贷款、商业保理、创投基金、融资租赁、资产管理、典当、担保等金融服务企业,参股了村镇银行等金融机构,已逐步形成供应链金融、零售金融、创投基金和资产管理四大业务格局,是厦门市国有企业中涉足金融服务门类最多的金融企业。当然现在中央正在对金融进行梳理,我觉得大浪淘沙,未来在这个方面我们还是大有可为。这里面还一定要提到新兴经济的发展,包括互联网,应该讲国贸也是紧跟这个形势。

李珊:具体怎么做的?

何福龙:比如说我们在厦门是比较早发展零售商业的,后来意识到自己发展零售商业是孤掌难鸣,的确后面的情况也表明我们做这个板块不一定得心应手。厦门的美岁商业应该讲有它的特色,但是难以跟本土甚至国内的一些新零售的翘楚抗衡。我知道在今年厦门国贸新零售板块已经跟阿里巴巴底下的一家公司合作，"嫁出去"了。对我们来讲不一定是要百分之百拥有，甚至不一定要控股，更重要的是培育一个新的板块。比如我们曾经也做汉堡王，快餐连锁店也是一个很好的产品，但是我们觉得与其做经营还不如当股东，现在我们在汉堡王股比很低，基本上以参股为主。所以总体来讲，国贸涉足的一些行业，不一定非要自己经营，有些可以"嫁人"，有些可以参股，总体就是追求利益最大化。

李珊：在经历了高速成长期后，您又是如何规划国贸的布局的呢？

何福龙：过去我们一直很容易陷入一个我是在厦门发展，我一定不能离开厦门的自我局限。作为本土企业，植根于此，毋庸置疑。但是世界之大，远非我们所能想象，所以在前几年我们刻意打造了几个总部，比如位于东方之珠的国贸香港总部，又比如国贸的期货、金融、投运营我们就有意识地放在上海。这样做似乎是要离开厦门，事实上回头来看，我们不仅没有离开厦门，反而更扎根于厦门，因为税收的总部核算还是在厦门，但是从这个运营商来看契合了现在的发展趋势。恕我直言，厦门的一些优势正在逐步地消退，比如说一个年轻人在厦门的生活成本是昂贵的，但是因为我们很早就走了出来，行政税收总部放在厦门，很多布局却是在祖国的大江南北。一个在厦门大学毕业的河南大学生，刚出来一年收入就是10万元出头，房子也买不了。但是我们在河南郑州设一个点，他就可以回到河南老家，成家立业，薪酬也还是10多万元，当然现在不止了，他乐得其所。所以没有走出去，就没有战略布局，死守厦门这个所谓的总部，事实上也就没有今日的国贸，越来越多的企业也意识到了这一点。

李珊：特区要先行先试，国贸也是作为厦门龙头的国企，在先行先试方面有没有做过哪一些，比如第一个、率先的？

何福龙：除了股权激励以外，我觉得还有一个很重要的，就是境外投资。比如说我们是厦门最早到台湾设点的公司，在台湾设点如果仅仅算经济账，也许不那么明显，但对两岸经贸往来，对布局大中华区却是意义非凡。

李珊：这个促成的过程可以说一下吗？

何福龙：我们是第一家设立台湾公司的企业，当时政策也不太明朗，在此之前像厦航、金融机构都有设立，而真正的地方国企到台湾设立公司的几乎没有。我们了解了一些政策，发现这个必须要外经贸部批准审核，于是，我们想方设法地设立了。从设立来看，效果是非常明显的。

李珊：当时是怎么操作的，有没有什么细节？

何福龙：就是要经过外经贸部，要国台办的审批，走流程，最重要的是我亲自带团到台湾考察了几次。也正因为有了台湾公司的设立，才有了我们现在的国贸中心。国贸中心这一块地当时就是作为台海两岸金融的一个示范区，而且当时政府要求必须跟一个台湾的金融企业合作，才可以享受我们本土的厦门市政府管理金融示范区的优惠。如果我们没有在台湾设立这个点，设立这个办事处，则很难在短时间内找到合作的意中人。后来我们找了台湾的上市公司龙邦企业，一起联合摘牌，拿下了现在的国贸中心，这块地的地价各方面是很优惠的。印象中这块地的成本非常低廉，一平方米才2700元，不仅利润非常丰厚，更重要的是形象各方面都很好。所以台湾办事处成立促使了我们跟台湾很多的贸易往来，其作用不可低估。现在在我们每年的营业规模、市场份额里两岸的经贸往来比重也是在逐渐地加大。当然由于种种客观的原因，特别是台湾这方面的因素，两岸的交往有诸多的不便。还有一个插曲，屹立在仙岳路上的国贸中心鹤立鸡群，我开玩笑说感谢当年的莫兰蒂台风为这座显眼的建筑物颁发了"最高质量奖"——经历过台风洗礼,玻璃完好无损,色彩依然斑斓。

李珊:这些年您有没有遇到过一些比较艰难的时刻,或者做过一些比较艰难的决策?

何福龙:第一个,我觉得国贸介入房地产本身就是很艰难的,应该讲房地产前八年前十年风生水起,但是后面这几年我们意识到这个板块,特别是中央推出"房子是用来住的,不是用来炒的"方针后,整个形势发生逆转。这个时候也面临怎么样去转型。这个转型是痛苦的,早年做房地产有点像吃鸦片一样欲罢不能,钱来得快,但是事实上高房价是难以持续的。那几年我们有意识地放弃了一些城市开发房地产的机会,甚至也积极地探索养老地产等。客观地说,房地产开发这一难以驾驭的领域,一直到我退休后也仍然没有完全地转型。过去因为有好的业绩罩着,问题还不是那么明显,现在就显得很突出,"壮士断腕"的勇气谈何容易。相信不仅在过去,乃至今后一段时间,房地产如何转型、如何适应新时代都将是国贸的严峻考验。第二个很大的难点是人才,我前面讲过,厦门人才的成本太贵了,好的人才很难找。比如厦大会计系高手云集,它的毕业生一般都是非常抢手的,但是我们这么多年越来越难招到厦大的,更不要说北大、清华这些,因为在厦门的生活成本可谓"压力山大",人称"一动不动",即汽车(动产)+房子(不动产)。所以要进行更加广阔的布局,现在很多的学生来自贫困地区,不排除我就在贫困地区,比如四川的边远地区设点,只要有商业机会,都可以去设。目前,甚至西藏等比较偏远的地方国贸都有设点,也许这今后将是一个吸纳人才的办法。第三个难点就是要找到一个平衡点。国资监管现在越来越严格了,特别是党的建设写入了公司的章程,怎么样既能符合社会主义市场经济的要求,同时又完善中央要求的国企党建工作,对我们,尤其是对新的领导来说,这个度怎么拿捏是很严峻的考验。我觉得未来行业的转型、人才的竞争、国资的监管和市场的要求这三方面都将是重要的挑战。我有四句话可以作为对国贸产业的概括：做供应链要组合拳，做房地产要悠着点，做金融要跑得快，做实业要坚持住。

李珊：2010年，您被授予我国企业界最高奖项——"全国优秀企业家"称号，当时福建省只有两位企业家获得这个荣誉。执掌厦门国贸多年，您有什么心得？

何福龙：我经常说，国企的掌门人是"丫鬟拿钥匙，当家不做主""我是属于国贸的，但国贸不是属于我的"。公司法、公司章程、董事会议事规则、总裁议事规则、上市公司的机制整合了人类文明的成果。作为职业经理人，我们既要借鉴人类商业文明的成果，又要按照国资监管的规定，认真履职，确保国资保值增值。我认为公司治理的关键不外乎制衡、授权、有效运行。真正按照这些做，科学决策是有保障的，战略意图是比较容易贯彻的。董事长主要管六个方面。第一管战略。第二管预算、财务。董事长最好精通财务，像我是搞财务出身，对预算、贷款、EVA（Economic Value Added，附加经济价值）等心里有底，然后交给总裁去执行，而不是靠总裁来向你汇报。第三管制度。董事长是制度建设者、维护者、改善者。比如，原来传统的述职述廉多流于形式，前年开始我们搞绩效面谈，效果不错。第四是对中高层特别是高管进行管理，知道谁可以用、谁不可以用，这个人有什么优点。国贸有160多个中高层，我能叫出每个人的名字，几乎都知道他们哪年出生、哪个学校毕业、读什么专业。第五管企业文化，董事长是企业文化的倡导者。第六是例外管理。董事长像消防队长，随时去救人扑火；同时，董事长也是协调方方面面的人。在战略制定过程中，我感觉，当董事长这么多年，更多是点头不算摇头算。点头不算，因为我们有评审机构，能不能做，他们应该有很好的决断力。比如去美国成立轮胎公司，董事们会加以注意，由于完全符合公司战略，并且投资额在总裁的权限内,更多属于执行层分内的事情,董事会大可不必兴师动众地进行考察、评估。但如果工厂设立到很莫名其妙的地方,董事长就要跳出来质问。这么些年我也否决了一些跟董事会意图不符合的提案,不过不多。在中国国企,董事长把自己定位为职业经理人有一定道理,中国国企在管理体制及董事长、总经理的任命上有独特性,在一定程度上董事长就是一个职业经理人。做个明白人,必须要学会反思,因为通过反思才能更好地认识自己。如果作为董事长你不反思,谁反思?你都反思,别人还能不反思?反思的力量是我们这个民族缺乏的。任正非、柳传志、张瑞敏令世人尊敬,其中一点就是重视反思,反思更能够给企业带来内生的力量。每年在厦门国贸的年会上,我都不歌功颂德,基本上都是批判我自己,批判身边的一些现象。因为如果你不批判,谁敢讲问题?那大家都讲好的。事实上,好的不讲跑不掉,不好的不讲还真是不得了。所以,国企董事长的基本功就是当好"班长"而不是当"家长",要总揽而不能独揽,要领唱而不能独唱,尤其是董事长与总裁、总经理要唱好"将相和"。作为董事长、第一把手,有时也要学会"装傻",不要老挤占别人的空间,要让更多的同事有发挥的空间;当然,在利益面前也要懂得谦让,该得的有的拿,不该得的分文不取。

厦门国贸的董事会文化是规则、沟通、尊重。上市公司董事会,首先要守规则。其次,沟通很重要,因为执行董事和非执行董事往往信息不对称,沟通是董事会很好的润滑剂。虽然要按规则办事,但冷冰冰地拿到会上讨论,是很不人性化的。必要时可以请董秘登门拜访独董,也可以董事长出面私下沟通。沟通的重要目的是透明。旁门左道的项目我们不做,虽然我们丧失了很多机会,但让董事对我们更加信任。信赖是彼此的,忽悠只能一次,久了人家会害怕。这么多年,我们在选聘独董时比较偏好学者,因为学者更加会用第三只眼来审视,更加客观中立。他们对公司的房地产、内控等都提出过建议和批评。目前厦门国贸共有独董三人,两人现为厦门大学教授,一人曾任厦门大学副校长。国贸股份的独董吴世农教授和我多次谈起"妹妹模型",即钱和市场两要素(money & market)在投资项目的重要地位,此观点很值得国贸控股未来借鉴。当然,吴教授也叮嘱我们:防火防盗防创投!

参加福建省十二届人大一次会议(何福龙供图)

李珊:您还当选过省十二届人大代表?您都关注过哪些问题?

何福龙:2013年,我光荣地成为福建省第十二届人大代表。我认为,作为人大代表应该勇于履职并且善于履职,眼光不仅要盯住本企业、本行业,更应盯住社会关心的热点、难点,更具有前瞻性。2014年,我牵头的课题"金融服务支持实体经济发展研究"获得省社科联立项,研究阶段性成果分别在省市人代会上提交议案。其中,在省人代会提交了《关于福建省加快金融服务及推动实体经济的建议》,在厦门市人大提交了《促进厦门市小额贷款公司服务中小微企业的议案》。厦门市人大常委会通过我领衔提出的议案,

何福龙投票(何福龙供图)

荣获"全国劳动模范"光荣称号(何福龙供图)

出台了《厦门市人民政府关于进一步促进厦门小额贷款公司发展的意见》，在政策上加大了对小贷公司的支持力度。2017年，我提出了"关于鼓励利用社区现有物业开展居家养老服务的建议"。我注意到身边有不少不同小区的闲置物业形态不一，只有通过政府统筹安排合理设计,才能充分利用闲置物业提供多样性养老服务,最大地发挥效用。例如,个别小区闲置会所的场地较大,可以参考上海市"长者照护之家"的模式,改造成社区嵌入式的新型养老设施,在为社区内的部分失能、失智的长者提供全日制托管服务的同时,为居家长者提供"健康监测、社工活动、上门康护"等拓展性服务。

李珊:从国贸退休的时候会不会很依依不舍?

何福龙:我说过,我们属于厦门国贸,但厦门国贸不属于我们。我虽然是董事长,但也只是为厦门国贸打工而已,可能是高级打工、黄金打工,但早晚要离开,只有厦门国贸是永恒的。我虽已年过花甲,但年轻人喜欢的歌曲我也可以哼两句,IT的新玩意我也略知一二,永远记住:真正被逐出年轻阵营的,一定不是皱纹爬在脸上的人,而是皱纹长在心上的人。

在厦门陈嘉庚奖学金招生说明会上讲话(何福龙供图)

李珊:您退休之后主要的工作是什么?

何福龙:首先,我主要做公益,市里面要求我去出任陈嘉庚教育基金会的理事长,完全是义务的。陈嘉庚老先生当年投资的银行,每年都有些分红,据此设立了一个陈嘉庚教育基金,用这个钱来奖励"一带一路"沿线的华侨后裔,这是我一项很重要的工作。其次,我退下来以后也希望可以梳理一下我这么多年职场上的一些经验心得,所以现在在厦门大学等高校任兼职教授,开了"公司治理"课程,教学相长,收获颇丰。

人民邮电为人民

——福建省移动公司原党组书记李振群口述实录

口述人： 李振群

采访整理人： 李珊

时间： 2018年9月18日上午、2018年11月2日上午

地点： 厦门市通信行业协会办公室

口述人简介：

李振群，男，1946年11月出生，厦门市邮电局原局长、福建省移动公司原党组书记，厦门现代通信业和信息化、数字化建设的开拓者。

口述人李振群（李振群供图）

改革开放初期，在他的参与组织下，厦门于1985年开通万门程控电话，成为全国第一个从交换到传输都实现数字化的城市。对邮政生产设施进行改造，投入邮政包裹自动分拣设备，实现航空邮件直封台北，特区邮政通信能力显著提高。

随着通信大发展，他着手推进厦门大通信网建设。推动由本地电话网、移动通信网、数据通信网、图像通信网等"电信四网"以及邮政通信网组成厦门大通信网，厦门邮电发展成为特区基础设施中的优势行业之一。他组织推进了系列重组改革，寻呼并入联通，邮电分营，政企分开，在合作竞争中形成了厦门三

大基础电信企业的格局。特区通信企业逐步建立现代企业制度，提高了核心竞争力，也让百姓享受到更多信息服务和"数字福利"。

他还致力于推动厦门信息港建设，努力完善通信基础网络，成功利用光缆开通交通监控指挥系统，推出"9·8投洽会信息服务系统"。因在通信领域的突出贡献，他先后获得了全国"五一劳动奖章"和邮电部"有突出贡献的管理专家"荣誉称号。

李珊：您是哪年读的北大？

李振群：1964—1969年。

李珊：是否受到"文革"的干扰了呢？

李振群：受干扰，读两年就"文革"了。

李珊：您当时学的是什么专业？

李振群：我读数学，读了一年多就被调到西语系，在英语师资班学习。几个月后，就"文化大革命"了。

李珊："文革"之后你们就不能上课了？

李振群：对。1970年初我们就被分配了。那一年西语系、东语系、俄语系37个人，基本上福建老乡全部回老家，回来以后就到军垦农场呆了一年半。1971年9月，我们才再次分配。9月13日那天我离开农场，被分配到电信部门，当时叫电信局。20世纪50年代邮和电是合在一起的，1970年的时候，电信叫作机要部门，因为它是敌特最重视、最怕的，归部队军管，邮政归交通部门。1973年下半年又合在一起，到1998年再次分离。

李珊：您1971年分到哪里的电信局？

李振群：名义上是到省电信局，其实是到省电信局下面的工厂，就是现在的中移，在生产组的仓库。说好听点是调度员，其实就是看仓库，干了七八年。在那个岗位上整天出差，本来调度员主

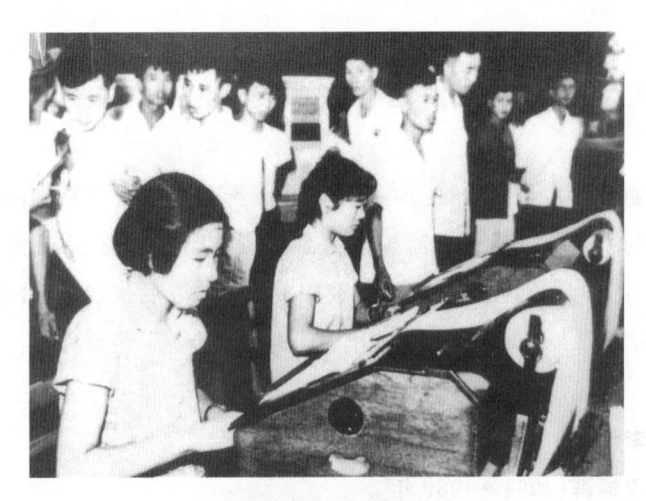

人工电报（李振群供图）

在厦门一等邮局旧址上重建并修缮一新的邮政支局（李振群供图）

要负责计划采购,结果因为仓管员中有一些人文化程度不高,不熟悉化学药品、钢材、电子元器件等,我虽然专业不是学这个的,但毕竟有读到高中以上,基础的都懂,于是兼起了仓管员,跟着他们又是采购,又是调度,整天在外面跑。跟我那些当老师的同学比起来,我因为到处出差,专业都没机会用也没空自学。后来一直到1978年,那年刚好邓小平复出,1963级、1964级、1965级的大学生就有机会回炉。北大作为试点,1978年下半年我又回到北京学习一年。

李珊:这回学的什么?

李振群:学英语,还是英语师资班。"文革"后,科学的春天来了,理工科特别缺人才,回炉的主要是理工科的。但是学校说觉得亏欠我们,就为我们这个班排了一个小班,寄在生物系。我们原来的老师跟我们讲讲课,其他的靠我们到处去蹭课,同时又让我们给1978年刚入学的学生上英语课。回炉一年后,我们班9个人中有5个留校,其中4个北京人、1个上海人,其他人一个回江西,两个回福建,一个回河南。我回来时刚好碰到改革开放,邮电搞引进,就参加进去了。

改革开放前的手摇式电话机和共电式电话交换机(李振群供图)

李珊：您说的"引进"是什么概念？

李振群：按照现在的说法，"引进"是引资还是进口，说不清。这个"引进"到底怎么解释？介绍？好像也不是。香港一个前辈说还是叫作"进口"吧。我对省邮电局引进办做一个说明。引进办成立于1979年，1978年改革开放后国家就对广东和福州两省实行特殊政策、灵活措施，也就是对外做一个试点，引进一些新的技术和设备，引进一些资本。"引"就是引资本、引技术、引设备。外国人如果要来投资，我们没有通信的手段为人家服务，人家怎么来？那时候海外人的中国印象是"文化大革命"中的红色海洋、蓝色海洋，穿着绿军装，挥着红旗。人家来了以后，首先一定要跟家里报平安，然后进行商务谈判，这里面缺不了通信这个手段，所以当时通信特别重要。

福州是省会城市，上百万人口，大概有6000门（电话），根本就不够，而且都是老旧的设备。怎么办？当时比较好的设备是纵横制，更早的设备是步进制。步进制是旋转一下，跳进一位，一位一位地拨号码。后来的纵横制是用继电器来控制，拨了以后，发几个脉冲过去。纵横制在我们国产中已经不错了，算是当时最好的。厦门是在1975年、1976年开始建纵横制，1978年12月26日投产3000门。福州还没有纵横制，是步进制。这个时候省里就着急了，希望赶快改善市内电话的状况。

结果就请专家来上课。专家说这个纵横制不行，纵横制虽然说在我们国内算是比较新的，但已经不是新技术了，而且负荷很重，要用很多继电器，机械设备很多，机房负荷也很大。专家提出要搞程控电话。什么叫程控电话？当时都没听过。程控电话没有怎么办？就要从外面引进这个设备。引进设备相当于买设备，所以这个引进办相当于是"进口办"。当时是1979年底，在这个时候我刚好就回来了。

纵横制电话交换机(李振群供图)

李珊：当时为什么会调您到这个部门？

李振群：省局有位孙运岳副局长是我原来在工厂时的生产科科长，对我非常好，比较了解我，是我老前辈。一个从山东出来的老干部，1957年从省邮电局副局长的位置上被打成"右派"，被发配到工厂去当工人。这个老干部是非常正直的，我们非常钦佩他。1978年11月到北京回炉的时候，我们一起去的北京，他是去平反的。他买的卧铺票，我坐硬座。白天他叫我去卧铺睡，我们一起到了北京。几天后他跑到我宿舍敲门：小李，我告诉你，我三个恢复了，恢复党籍、恢复职务、恢复干部级别。我为他感到非常高兴。当时，开了范式人用的伏尔加专车，在北大校园转了一圈。孙运岳回福建后就又当了副局长。我回炉结束回来后，他说我是个"新鲜货"，便把我调到了引进办。

1980年1月24日，我到引进办报到。第一件事情就是旁听一个辩论会，主题是怎么解决福建通信落后的问题，到底该不该引进、怎么引进国外的先进设备。因为场面太激烈，大家都抢着发言，我们就把这次辩论会叫作"抢话筒"。当时引进的事情不像现在那么容易，"文革"刚刚结束，大家还是心有余悸，搞不好就成了崇洋媚外，谁敢？而且那时外汇很紧张的，上面拨了500万美元额度，不容易。所以把业内最顶尖、最资深的专家都请了来，他们分了两派，有一些研究院的专家就希望能够借助这个机会了解一些外面的东西，希望能够引进当今世界最先进的设备；生产部门的专家就希望引进的设备一定要有保障，要稳定。专家来辩论，得出的结论就是引进先进设备是有效的途径。后来专家留下来加强领导小组和引进办，参加谈判和给我们做培训。应该说，在引进程控电话的过程中，省管理局得到了省委和邮电部的支持，也为新技术学习提供了机会，邮电部、设计院、研究院很多人参加了引进工作，他们参与设计和培训，为后来我们国家的自主研发培养了力量。

辩论会后开始谈判，先后跟6个国家的8个公司接触，6个国家是日本、法国、美国、瑞典、英国、荷兰。日本是日本电气（NEC）和富士通，法国是阿尔卡特和汤姆森，荷兰是飞利浦，英国是标准电器，瑞典是爱立信，美国是西电。虽然我们1980年就开始谈判了，但不是国内第一个跟外国厂商谈判的，北京和广州谈得比较早，实际上广州白云宾馆已经开始使用程控的小交换机，是美国的2000门小型交换机。最后我们定了日本富士通。它们没有想到福建比北京、广州晚谈判，但是用了一年的时间就谈了下来。在这个过程中，省局把设计院、研究院的骨干请到我们引进领导小组和引进办来，福建以前是前线，很多东西比较闭塞，信息少，人才也少，把他们引进来就等于把他们的智力引进来。这些专家一边参加谈判，一边给我们上课，我们就趁着这个机会抓紧学习。我当时给培训小组的人上英语课，同时也跟他们一起上技术课。平时大家都在学习，一旦开始谈判，就变成工作人员，端茶倒水不说，还要做文印、接待等会务。但是能学习到东西，大家都很高兴。

本来正规谈判要先有一个技术规范书的，可是我们没有经验，直到谈了半年后，1980年8月，老局长带了一批人去香港和日本考察。他们到香港的时候，香港电话公司跟香港大东电报局给了我们老局长很珍贵的资料，叫作《技术规范书》，就是他们引进电报设备的一个技术规范书。在这个基础上，专家们撰写了我们福州引进程控电话的技术规范书。这个时候已经是10月了。等我们把这个规范书给日本，日本人说他们吃亏了，按照道理，他们应该先拿到规范书，才跟我们谈，结果倒过来了。原来一开始我们给的是询价书，不是系统的规范书，后来有了技术规范书以后，就方便多了。

1981年1月23日就跟日本正式定了合同，同时开始进修培训和工程的准备，所以福州的程控电话叫作"811工程"源自于此，而不是像有的记者写稿时说是因为8月11日党组开会。真实的情况不是这样的。

李珊：你们是怎么培训的？

李振群：5月、6月、7月是日本来人在福州做预培训。预培训不仅是我们自己的人参加培训，我们还给邮电部一些名额让它的人员来听课，有些老专家也借此机会进行知识更新，和日本人讨论甚至争论，也给我们当时的年轻人很好的指引。到了10月，就到日本去现场培训，是到富士通的培训中心，这个时候也安排了邮电部的设计院和研究院的人员参加。我们省局局长有这个度量，从全局出发。1981年去培训，1982年3月回来一批，4月又出去一次，到9月回来。这个时候设备都到了，开始安装了，一直到1982年11月26日晚上正式开通。

李珊：当时开通情景是什么样的？

李振群：你们可能不能理解，我们当时没有宣传这个仪式，1982年11月26日没有仪式。当时大家不敢宣传，都提着一颗心，不知道会不会成功，大家都怕，因为调测过程中有很多问题。当时为了测试能不能打通，场面也很壮观，一个大厅里面上百号人两个人一组互拨电话，用模拟测试器加大话务量，加强压力，看能不能打通。刚开始很多设施比较落后，人工手段都要跟上去，包括把电动机拿到机房来，看是否会干扰，这样心里才踏实。11月26日开通了市内电话，到1983年3月才开了500个路端长途电话，1983年5月9日才有庆典。但真正的国际直拨电话是到7月才开通，记得是9月5日，郝局长和香港电话公司总经理霍加有个直拨电话的仪式。

在福州程控电话引进工作进程中，厦门也开始了引进程控电话的进程。厦门在1980年就跟日本方面有接触，一直在看福州的情况怎么样。1981年的预培训厦门也派了几个人去参加，1982年的二三月份就开始考试，招收厦门自己的培训班。这一时期的谈判也是谈了好几家，包括日本的富士通和日本电气、瑞典的爱立信、美国的通用、英国的标准电器、比利时的ITT都来报价了，进入最终竞争的是富士通、爱立信等三家。厦门在1982年7月就跟富士通有过一个协议，大意是如果福州的开通顺利的话，就引进富士通的设备，所以厦门的工程就定为"827"，这都有来历的。

福州成功了以后，厦门与富士通在1983年4月16日签订了合同。时任邮电部部长是文敏生，他在河南和黑龙江当过省委书记，到福州来主持一个会议的时候，发现这个项目不错，推荐给全国邮电系统，后来全国各地的同行都来取经了。文部长在20世纪80年代末特地来福州考察，当时我陪郝局长接待。他的秘书姓路，跟我说老部长想来验证一下他当年的决定有没有问题，可见他对工作的责任心，真的是很令人敬佩。

李珊：您是怎么回厦门的？

李振群：厦门签了合同后就开始做培训、搞工程。我在1983年8月就来厦门，给培训班讲课。因为我已作为福州项目的培训生，去过日本两次，能给培训班讲一些实际的东西。后来12月作为负责人一共带了14个人到日本去，基本上都是厦门的，有中专生也有大学生。在那边大家都很努力，一个星期人家是休息两天，我们是五天上课，一天自己读书。1984年6月3日回来，6月12日就开始立机架施工了，基本上靠我们自己。当然，有一些日本人督导，我们这里也有一个金工班，是做机械工作的，做得很好，跟日本人互相配合得非常好。师傅们虽然不懂日语，但是比比画画就做起来了，日本人就觉得很厉害，他们是惺惺相惜。就在这个当中，我从福州调到厦门。

李珊：什么时候？

李振群：1983年6月带他们回来，7月又带一批人去日本学习数字微波。8月中旬回来后，省局就说你先留下来，9月就把我调到厦门来。回厦门是一直想的，毕竟家在厦门，老婆孩子在厦门。我的孩子现在还会怨我当时都没有管他，我当时在福州，我爱人在同安，小孩子扔在鼓浪屿。我爱人在1982年底才调回来，调回来后四班倒。那个时候小孩子也好可怜，但也确实没办法，就是现在说的留守儿童吧。

李珊：当时让您回厦门是任命您做副局长吗？

李振群：是的。就是刚才讲的孙运岳副局长，当时他离休了，但有一些原来手头的工作还要抓下去，是好几个工程的总指挥。孙局长经常过来指导我们。有一次他到厦门来，我还没回福州，在这边帮忙搞安装，刚好碰到他。他就抓住我问：这个工程（厦门"827工程"）怎么样？说实话，当时我是普通一兵，这句话让我愣住了。我想想说觉得计划性不够，他说我说对了。结果第二天早上又碰到他,他说昨天晚上给郝局长打电话,让我留下来。后来党组打电话说留下来参加他们(厦门局)的班子,我头都大了,什么叫参加班子,我真是不懂呢。就这么留了下来。

李珊:当时您来的时候,厦门整个邮电行业的状况是什么样的?

李振群:当时已经开始办特区了,但是回想20世纪80年代初,改革开放初期,真的是道路不平,电灯不明,电话不灵,基础设施薄弱。我们副局长说曾经有一个希腊的船长到了东渡港,结果那天是他家里小孩的生日,想打个国际电话要走好多路,必须到新华路才有地方打国际长途。还要填一张单子,这边的营业员给你摇到长途来,要转好几层,可能几个小时都不一定能接通,因为长途线路只有30多条。

李珊:所以当时您来厦门最主要就是抓这个"827工程"?

李振群:是的,因为"827工程"当时孙副局长是作为总指挥,厦门局的建设主要是林惠副局长抓的。刚到厦门的话主要就是配合林惠副局长。厦门的系统在福州的基础上有所进步,规模也是1万门,但是分了好多模块出去。当时刚开始建特区的时候湖里单独一个局2500门,新华路老文化宫那边一个局,实际上里面只有装5000门,还有2500门放在外面,在厦大、鼓浪屿、高崎和杏林。它们之间从交换到传输都是数字的。比如刚才讲的湖里和新华路之间怎么沟通呢?它是用01、01的数字传输的,新华路文化宫到厦大,到鼓浪屿,到高崎,到杏林也都是用数字传输,我们把它叫作IDN综合数字网。在1985年1月20日凌晨开通,让厦门成为全国第一个电话从交换到传输都数字化的城市。

李珊:后来这个适应当时厦门的需要了吗?能满足吗?

李振群:用"满足"是永远不能这样讲的,当时觉得还不错,很高兴,说终于开通了,终于解决这个问题了。但是很快的,1985年

1985年1月19日晚繁忙的通信扩容割接现场（李振群供图）

就装得差不多，我们开通1万门的时候，前面是用纵横制，是1978年12月26日开通的纵横制，最早是3000门，1983年又加了1000门，变成了4000门。所以到了我们要改程控的时候，就是1985年的时候已经装了将近4000门，满满的，有的一个号还复接了两三条线出去，所以负荷非常重，按道理不能超过总门数的85％、90％，而这个快要满负荷了。现在计算机的叫中央处理器，我们的叫作标志器，快走不动了，拨个电话打过去很久才能接通，而且可能或接错，或很久才知道接不通。开通的1万门程控电话中，7500门在市区（含厦大、高崎、杏林），湖里那边是2500门，但是真正落实的只有几个工厂，那个地方住的人不多，工厂也就厦华、华美、印华，就是这"三华"。所以马上到1月底、2月的时候就跟日本人谈，1985年底又增加了2500门到新华路这个局（我们称二分局）。因此，实际上一期工程是1万门加上2500门，一共是12500门。

当时的合同号非常有意思，最早的"827工程"CAT-1，我跟省里引进办开玩笑，叫它"大猫1"，因为C代表中国，A代表厦门，T是代表我们电话，合起来"CAT"和英文猫的意思一样；后面2500门我们叫作"小猫1"，因为是用小写的cat-1。

李珊：这是你们的暗号。

1991年12月26日，厦门邮电局与日本富士通签订了厦门本地电话网扩容工程进口设备合同（前排左二为李振群）（李振群供图）

李振群：那个时候都是政府、企事业单位才有电话，而且也不是每个办公室都有，悠着点用。到了1986年这一年，我们又放了一批号出去，增加了2500个用户。

李珊：主要是什么用户？

李振群：还是企事业单位，很少有个人，有一些家庭用户，但不是很多。我们把这些数目一加，近万了，又要负担不起，所以1987年跟省里要求要扩充2万门。但是当时省里有些人不同意，就批我们1.5万门，觉得说去年已经放了2500门，1.5万门就等于可以再放6年。我说不一定，就跟他争论，这个时候老局长出来讲话了，他其实1985年7月就退下来了，他说："我干了几十年，人家土匪都知道打出一块地盘好吃饭，人家叫你做你还不做。"当时市委书记是陆自奋,他给我们定的是三个"一万":在湖滨北征地1万平方米,建楼1万平方米,安装电话1万门。为此,他让规划部门一起研究,把现在湖滨北邮电大楼这块地给我们,因为在这个交叉口上,放出电缆是合理的布局。

李珊:他这个是什么时候要求的?

李振群:1985年、1986年我们跟他汇报的时候,他提出来的。

李珊:最后省里批了多少?

李振群:我们一直争,批了2万,建湖滨北路大楼的时候批给我们9000多平方米,只有9层,后来我们设计加到了12层,那个时候思想要解放也不容易,要突破关卡很不容易。但后来设计也是省里设计的,因为我们的数据有说服力。当时是1987年2月去汇报,所以这个工程叫"872工程"。

福州的"811工程",长途是500个路端,就可以有500条路出去,当中含30条国际电路;到厦门的"827工程",长途是300路端,含50条国际电路。所以厦门的国际电路比福州要多,而且有对美国的,有对日本的,当时主要是这些地方的电路。

我1984年9月到厦门后,就任邮电局副局长。1985年9月,原来的林天琦局长和李毅波书记都办理离休,10月我转任局长。实际上我对企业的管理知识是非常少的,多亏当时的厂长经理统考,给我补了这么一课。1986年4—7月,我到南京邮电学院参加厂长经理统考,有3个月时间,接受了较为系统的培训,对我后来的工作有非常大的作用。

1989年1—4月,又随同邮电部高级管理培训团参加在美国的西南贝尔电话公司的培训。这又一个3个月对我来说更是受益匪浅。我们跑遍了西南贝尔电话公司在德州的各个部门,从网络到市场,从技术到财务,还有人事管理、公关法律,都一一去学习了解。说实在的,以前邮电部门大多注重技术和具体业务,对于这么全面的公司架构和管理，真还是第一次见到。同行的电信总局副局长和几个省的副局长，也都很感慨。回国后向邮电部朱高峰副部长汇报时，他就一直追问，有没有看到像我们邮电局营业厅这样的局。我们还真没见到。但人家就是用电话办业务，用电子邮件来办事。我们最后报告中有一个部分叫支撑系统，就是这个支撑系统把各种业务、各种事物沟通起来。而这部分是由我起草的，这也是对我们后来的办公自动化，对打个电话装电话的预约装机的启示吧。

"872工程"实际上是在1989年基本完成，4月新华路的那1万门开通，12月9日湖滨北路的五分局开通，缓解了一些需求。设备有了，但问题是线没跟上去，因为一个用户就要一对线。后来引进了大对数的电缆，以及一些设备。所以在1990年、1991年、1992年那段时间是非常困难的，并不是说引进来困难，而是解决用户的需求困难。

以前的电话用户绝大部分是单位用户，很少有住宅电话，有人还说，我又不做生意，不需要电话。现在是大家觉得家里有个电话方便，加班开会，可以让家里知道，有事也能很快联系沟通。前面是引进、扩充，现在是用户想要用，就是个人用户多起来了，所以在1990年我们组织了几次公开放号，在条件成熟的小区，也就是有设备有线路的小区放号。先是在槟榔小区，后来在民族路，再后来到鼓浪屿公开放号，用户也不用跑到局里来，我们到现场去收钱配号，然后按照登记放线。所以当时监工也是重点，就怕出事。我们的工作人员对不起用户的地方肯定有，但是我们会尽量设法解决问题，把矛盾解决掉。

当时有一篇新闻叫作《太阳伞下的透明》。到了1993年、1994年，在文化宫我们搞了一个"打开大门，请君骂娘"活动，这是日报记者发的新闻标题，就是在那里让用户现场提意见，我们看一下情况怎么样。大家的意见就是："什么时候能给装电话？"当时我也在现场。在这个基础上，我们提出要建一个大通讯网，就在1993年5月17日世界电信日那天。

公开放号现场(李振群供图)

李珊：当时装电话要排队是吗？

李振群：是的，当时有收初装费，曾经达到3000元，大家怕初装费涨价，都想早点装上。买这个设备，厦门第一期工程的设备要300多万美元，美元兑人民币汇率早期是三块多，后来是八块多，所以整个工程的费用很大。我们老局长也是顶着压力干，当时是叫勒紧裤腰带搞建设，这个是让福建邮电很多人不高兴的一句话，说把大家的工资拿去搞建设。但是建设完了以后回过头来看，是先苦后甜。当时还有配套的局屋机房，还要破路放电缆，而且用的铜缆也和设备一样，都很贵。

1985年对我们来讲是成果丰硕的一年，1月开通了程控电话，4月开通了EMS，10月开通BB机，到年底长途通信中心搬到新的大楼，邮件处理中心也由海后路搬到湖滨南路新的大楼。那年有两个新的业务，一个是快递EMS，一个是BB机。我现在跟大家开玩笑,把BB机叫作"0代",一代是大哥大,二代是全球通,而BB机也是一种移动的通信手段,是大哥大之前的事。1987年、1988年我们搞"872工程"的时候,上面分给厦门一批三期日贷的资金,我们想着除了买设备以外,能不能接触移动通讯,那个时候就做了一些这方面的调查。但实际上表示愿意用这个手段的人不多,就只有海关和公安局,当时只报了一二十个。我们跟日本人在谈三期日贷的使用时,问能不能引进移动通讯,日本人一口回绝,说这个是奢侈品,不是基础设施。当时的基础设施就是电话,移动电话不是。所以一直拖到了1990年,我们觉得是时候了,日贷不行就自己干。

1990年5月25日就在福州跟摩托罗拉签了一个合同。这个合同超过500万美元,是全省电信自20世纪80年代引进工作开展以来最大的一个合同,是跟摩托罗拉定的移动电话大哥大,定一期,不止厦门,还包括福州,一共1700部电话,现在一天放1700部都不止。厦门只有700部还是800部,这不单单是指厦门市,而是指厦门交换区,还要管泉州、漳州。三明、福州管其他的地方。1991年5月17日,开始移动电话试商用。配套设备是建大基站,鼓浪屿有个基站,兴化路四棵松那个地方,那个局屋是1984年第一期程控电话的模块局,去年申遗的时候被拆掉。当时基站覆盖的范围比较大,而且是宏基站。

李珊:第一批用移动电话的都是什么人?

李振群:也还是企事业、政府。当时用的是摩托罗拉8500的机子,像块小砖头,所以叫大哥大,很有派头的样子。还有一些小机子,全省只进了30部,分给了厦门6部。在这个基础上开始有了数据传输,接下去就有分组交换、X.25、X.75、DDN数字数据网,当时叫大通讯网。我的想法就是围绕B-ISDN,即宽带的综合业务数字网进行建设。当时邮电部门都是比较推崇综合业务数字

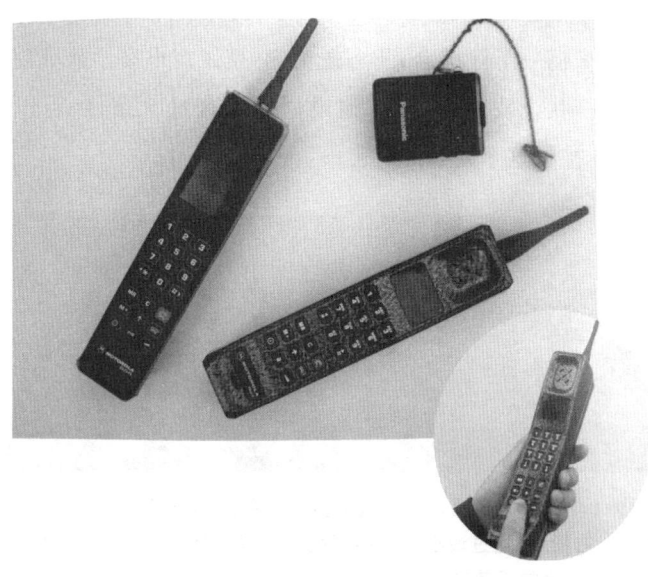

"大哥大"与 **BB** 机（李振群供图）

网，综合不仅有电话，还有传真，还有数据，还有移动，所以后来在1992年、1993年就开始建数据网。

我记得是在1994年的九八会议上，我们搭了一条专线，建起数据网，当时是胡平在富山跟香港的黄克立面对面地通话。因为1993年、1994年克林顿上台，提了一个信息高速公路，后来叫信息基础设施，所以那个时候就针对这个开始试验了。数据网实际上就是把人家电话扩充到移动，到数据来。这一年洪永世市长来局，让我们把信息高速公路的情况跟他讲一讲。那是国庆过后，10月3日晚通知，10月4日上午来局。我就赶紧找材料。洪市长也非常支持我们往前走，他听完汇报很高兴。1995年4月，市委打电话来问说准备开党代会，我们准备怎么提。在市里党代会报告里能够提到一两句已经算不错了，竟然还征求我们怎么提。我跟我们局书记说不能再讲多少门电话了，这没有意义，必须升级。我的想法是要提信息港，但是自己不敢贸然提。刚好那一次有一些专家到厦门来搞一个评审会，我去送他们，就跟邮电科学研究院的副院长聊天。我说我想提这个，他说："你们有这个条件，可以这么提，现在在接触这个问题的有上海、深圳和你们。"

1994年9月8日福建省投资贸易洽谈会上，国务院特区办主任胡平（右图中）通过设在会场的可视电话服务台与远在香港的全国政协常委黄克立先生（左图屏幕中）通话（李振群供图）

所以5月市委扩大会对台工作的会议上，我就直说现在不是讲简单的对台通信、直拨电话，因为1987年11月3日，我们在全国最早试通了直拨台湾的电话，并且在营业厅推出了台湾区号00886的业务，将来应该是要把厦门建成信息港。我第一次抛出这个话题来。接下来在1995年7月市党代会的时候，市委提出了"以港立市"，包括海港、空港、信息港，那个时候市里抓了三金工程，有金卡公司，后来又有信息港公司，是现在信息集团的前身。

第二年我们就请了邮电部的规划院帮我们做规划，朱亚衍亲自接见他们。我们局里也在做试验，在1995年、1996年开发了办公自动化，花了将近一年时间，在1996年11月就开通了。开通后一个星期之内我们就把纸扔掉，这个就是信息港、信息化的前身，你没有办公自动化怎么信息化？我为什么提这个事？因为我出国看到人家都是用E-Mail在办公，我们就不行，虽然当时也有人开始上网，但是都慢慢的。为了办公自动化，1997年我一年出差的

全国人大常委会原副委员长朱学范(右三)于 1987 年 1 月视察厦门市邮电局程控电话机房(李振群供图)

时候都带着一部手机,当时只有 9.6K,速率极低(当然对于电报,对于刚开始的数据通信而言,是一般的)。我就试试看文件能不能下载,无论走到哪里都在试,看看能不能解决。

1996 年 2 月,邮电部杨贤足副部长来开纪检会议,开会前一天就到办公室来听我们汇报。两件事让他很震撼,第一个是 1996年、1997 年推出的预约装机,就是用户打个电话说要装机,我们就去办。他说:"这个是我们几十年一直想要办的事没办成,你就办成了。"第二个就是办公自动化,他看了后惊叹:"哎呀,这都能成功!"和他同来的有四川省邮电管理局的张局长,在那一直看,很惊讶。张局长第二天自己去看一整天,过了没有多久就叫成都、重庆的到我们这里来学,过了一年,他们又来人交流,说要网上和纸并行。我说:"你还有纸,就推广不了,要把纸扔掉。"所以这对信息化有促进作用,很有意思。

我跟人家开玩笑说现在有好多提法都是从邮电部门来的(也

许是我孤陋寡闻,坐井观天),比如说我们现在常讲的"互联互通"源自邮电部门在1994年联通成立的互联互通领导小组,就是说不通的系统要联起来才有效果;"最后一公里",我们的接入网是"最后一公里";还有"永不落幕",实际上是1997年第一届投洽会上,我们从年初开始建逐步完善的九八网页被大家广为使用。当时吴仪当外贸部部长,部长助理叫马秀红,马秀红要发布信息时不听汇报,直接看网页,看完就发布信息。那个网就一直保留着,chinafair.org.cn,"永不落幕的九八"就是这么来的。这些都是当时我们邮电局做的一些事情,回忆起来很有意思。是否有意义,我不能下定论,只能说有意思。

九八网页有很多单位互相配合做的,不单单是我们自己。1995年7月,市委党代会就提出以港立市,三个港分别是海港、空港、信息港。刚开始提出信息港的时候,有的人就问信息港是什么意思,我好几个同学开玩笑问我在搞什么鬼名堂,冒什么新的东西出来。后来我跟办公室商量写了一篇文章,发表在《厦门日报》,就让大家知道信息港的概念,它可以带动方方面面,像现在的物流、资金流都是用信息流来推动。比如说微信和支付宝,无论你使用什么牌子的手机,都通过统一的app来进行支付,这也是信息流。

我们邮电部门也是在这样走,要铺出大路来让大家走。以前邮电是从头包到尾,要让你通电话,要让你有管道,也要帮你做信息,实际上这个是不可能的。一是没有这么大能力,二是不了解那么多信息,做不清楚,做不深。所以,我们提供基础性的建设,其他的就由各个专业公司去做。随着信息技术的发展,以及微电子、光通技术、计算机、软件等的发展,信息开发和应用也都得到了很好的发展。

早在1994年7月中国联通成立,到1995年厦门联通也成立了。我们都是抱着合作的角度,没有搞恶性竞争,而是互联互通。

1995年福建省第一座国内卫星地面站在厦门曾厝垵建成(李振群供图)

1997年3月18日,厦门市公用信息服务网开通(李振群供图)

李珊:具体怎么个互联互通法?

李振群:每个通信运营商都可以建立自己的网络。如果不互联互通,我的用户只能用我的网,你的用户只能用你的网,不能互通。

李珊:这个技术手段复杂吗?

李振群:不复杂。

李珊：关键是壁垒怎么打破？

李振群：关键是大家要有这个概念，通信不成网是没有效益的。通信要成了网，效益才会不断地提高。像现在互联网，单单一两个人没有用，而全民互联网就不得了，所以一定要互联互通。

李珊：后面您的变化也很大。

李振群：1998年是北京大学建校一百周年，这一年我也获得了全国五一劳动奖章，也算为母校争光了吧。同时省政府也把这次获得全国五一劳动奖章的人评为劳模。但实际上，我心知肚明，这并不是我个人的，应该是对我们全局工作的肯定，我只是代表大家取得了这个荣誉。我昨天跟我爱人讲，这次合作口述史也很开心，可以系统做一个梳理回顾，但不能突出我个人。我是代表大家去获得这个荣誉，写东西的时候一定要客观。

1998年我们行业有比较大的变化。刚刚为什么会提起联通？因为联通成立以后，对邮电的经营体制有比较大的冲击。当然在这之前，中国邮电部已经把邮政和电信两个专业局成立起来，叫中国邮电部中国邮政总局、中国电信总局，往专业化经营的道上走。到了这一年，邮电分离，如果处理不好不仅身体上伤筋动骨，精神上还会伤感情，所以分家这个事情要秉公办事，要公正。虽然我个人20多年来都在电信工作，但是并不能只站在电信立场。因为当时电信业务占了大头，邮政的业务显得比较薄弱，所以就要有一些倾斜。省里当时是这么确定的，我们也是这样做的。后来分家的时候，邮政分到比较多的不动产。厦门在邮电分离的时候，波动不是太大。人员的分割、财产的分割、设备的分割还是比较顺利的。在厦门，先有联通，然后无线寻呼剥离出来，省里成立了一个公司叫国信，寻呼就放在国信里面去。到了10月，省里来做"大舅"主持分家，10月28日就正式分开了。

李珊：当时分开有没有仪式？

李振群：开了一个会。前几天我们聚会的时候，他们回忆说是在邮电宾馆开的，我笑了笑说，其实是在湖滨北路邮电大楼后面一个工程队的纵横公司的一个会议室开的。

李珊：分家之后，您有什么变化？

1998年10月28日邮电分营，厦门市邮政局、厦门市电信局正式挂牌成立（李振群供图）

李振群：分家之后，我就分在电信，还是在电信局当局长。原来的一个副局长分到了邮政，在邮政局当副局长，主持工作，从省里调来了一个副书记。当时松柏邮政楼还在建，湖滨北路大楼11楼就给邮政作为办公室。分了以后，基本上还是在楼上楼下，刚才讲的办公自动化也是一分为二，再给邮政添置一台办公自动化的设备。1998年，邮电业务收入15.3308亿元，其中邮政业务收入1.4424亿元，电信业务收入13.8884亿元。我们还支付给邮政建设尾款2000万元，因为电信的资金比较充裕一点，应该帮着邮政分担一些，像这栋楼（松柏邮政大楼）要把它赶快建完以后交给邮政。

正好是1999年14号台风那一天搬进来,因为10月9日这一天是世界邮政日,所以选这个日子很正常,没有想到会遇到台风,但是还是就这样搬过来,一直在这里办公,已经20年了。

1991年的邮政枢纽电控室(李振群供图)

还有江头的大楼,实际上比这栋楼要更早一点,是1998年5月17日落成投入使用的,楼下的一层全部分给邮政。当时我也有一点舍不得,虽然是亲兄弟,但是"插花"经营管理上不太方便,我不太喜欢搞"插花"。但是"大舅"说没有办法,一定要给,就只好给,主要是想让来办电信业务的人能够感受到邮政业务的存在。本来是要在旁边买一个独立的营业厅给他们的。

到了1999年又来了一次分营,这一次是把移动分出去了。当时信息产业部已成立了移动公司的筹备小组,原来是移动局,在这个基础上成立了筹备小组。当时也有移动通信局,属于电信总局。1985年成立的时候是传呼中心,后来叫作移动通信中心,再后来上下一致都叫移动通信局了。移动通信中心里面包括了移动电话、无线寻呼,移动电话是从1991年的第一代大哥大到1995年的

1996年12月17日,中国邮航首开的航空邮路之———
天津—厦门航线成功开通(李振群供图)

第二代全球通。1998年把寻呼分出去了,1999年又把移动分出去了。早在1997年、1998年的时候在莲前也买了两栋楼,就是现在的移动公司。为什么会定买两栋楼？因为当时有两个新业务发展得比较快,一个是移动通信、移动电话,一个是数据业务,现在的互联网数据业务。我就想把这两栋楼买下来,给这两个重中之重的业务,后来数据留给电信,移动自己独立,我们想算了,两栋楼都给移动。移动在1998年就搬到莲前一号楼,后来二号楼也交付了,1999年就全给移动,两栋楼打通起来就很好。这个是全省唯一一个有独立办公场所成规模的移动公司。

李珊：当时分营的时候您就去移动了吗？

李振群：没有。移动是1997年10月17日挂的牌。这样就变成在厦门有电信,有移动,有联通,寻呼在移动的三楼还是四楼办公。但是,当时的邮电局最早还有行业管理的职责,是省里授权的,包括对联通的行业管理。跟通信有关的一些业务,比如要接入什么东西,要经过我们来审批。我们是又当裁判员,又当运动员,

厦门移动率先实现全省首个自然村移动网络覆盖100%，图为同安汀溪镇半岭村大埔村小组村民正在用手机与朋友通话（李振群供图）

所以逐步地在分离。到了1999年，还是有通信行业管理办公室在电信局。到了2000年，整个形势又有了变化，从全国来讲，4月20日宣布成立了电信集团和移动集团，分别在5月16日、17日。挂牌省里更早，在1999年就成立了移动通信公司。刚才我讲的厦门1997年10月17日挂牌，是厦门移动通信分公司。这个公司成立之后，1997年11月，省里移动通信公司就上市了。这个"上市"不是我们A股、B股的上市，不是深交所、上交所上市，而是在香港、纽约上市。1997年香港回归之前，邮电部门也是按照港澳办商量的结果行事的，当时港澳办是国务院的部门，在香港是叫新华社。在这之前，邮电部授权中国电信在香港成立中国电信（香港）集团有限公司，在下面成立一个中国电信（香港）有限公司［2000年6月28日更名为中国移动（香港）有限公司］，把广东移动公司和浙江移动公司这两个公司的资产注入其中。注进去以后，中国电信（香港）就在香港和纽约同时上市，在纽约上市是叫ADR（American Depository Receipts，存托凭证）。我们说公司上市是这样一个过程，先要注资，香港公司到资本市场上去卖股票，当时定价11.68元港币。1998年，中国电信（香港）又花钱收购了江苏移动。1999年，又买了福建、河南、海南三个省刚成立的移动公司。2000年5月中旬，信产部人事司司长给我打电话，说部里研究了叫我去香港，这是一个转折。我说我脑袋瓜子不够用，听你们的，你们上面怎么安排我不清楚。刚好在这当口，中国电信（香港）到厦门来办了一个培训班，老总、副总等几个人都过来了，说不管怎么样，就叫我先过去吃饭。这个月还有一件很有意思的事，五一之前，郑小瑛老师率领厦门爱乐乐团在人民剧场有一场演出，慰问劳模。我要进去的时候被朱志凌拦住了，她说郑老师想找我一下。我说好，在演出中场就跑过去了一下。原来是钢琴家殷承宗的《黄河》钢琴协奏曲在很多国家和地区都演出过，就没有在家乡演出，原因就是过去没有乐团配合，现在有了厦门爱乐乐团，还需要经费支持。我说行，我们再商量。五一之后朱志凌就来了，她说需要二十几万元。后来，我跟市场部商量了一下，就全部包下来了，朱志凌高兴得不得了，一下子解决了，不用东跑西跑了。演出那天就请了在厦门培训的香港移动的人去听这个音乐会，他们也很高兴，碰到我就说："听说你要过来了。"演出结束时朱志凌邀请我上台，我没有同意，还是低调一些好。

到了6月中旬，在香港的一把手王晓初就给我打电话，叫我过去，让我先到沈阳，这个时候又要收购了。收购什么？收购7个省、自治区、直辖市的移动公司，北京、上海、天津3个直辖市，辽宁、山东、河北3个省，还有广西壮族自治区。6月22日赶到沈阳，没有西装，没有领带，王总说："小涂个子跟你差不多，你把小涂的拿来用。"第二天坐在台上，王总就介绍说我要到香港公司当副总。开会时，王总做动员，给他们讲什么叫作上市。每一个地方要上市的时候，都要去给他们讲。我先到的辽宁沈阳，然后到青岛、北京（上海公司、天津公司的人都到北京），再到石家庄，从河北转过来再到广西南宁，去做宣讲。我当时还算厦门电信的人。7月1日回来以后，7月10日我就带了6个人到日本去参观学习，现在厦门电信的老总也是那一次跟着我们一起去日本。到富士通去，受到的待遇还是比较高的，它的社长都接见了我们，请我们吃饭，跟我们聊，去看看他们的情况，带年轻人去长长见识。从那以后回来，就筹备厦门电信公司的成立挂牌，厦门电信公司是8月16日挂牌，在这之前，7月28日省电信公司成立。省电信公司成立之前，7月24日是星期一，我们原来的黄衍副局长到福州去开会，晚上给我打电话，说："局长，我可能要回不去了。"我说早就知道了，因为我们有推荐。在5月电信集团来考核推荐的时候，我们推荐了一个黄衍，一个段建祥。黄衍到福州开会，就马上参加党组会，把他留下来了。他问怎么办，我说我马上也要走了。我让他跟党组那边汇报一下，推荐新人吧。后来又来电话说，先推荐一个。我们当时也就3个人，开会就推荐乐朝平。基本上这些梯队当时还都是有准备的，这得益于20世纪90年代的发展。当时我们不是只注重发展业务，也注重发展人才队伍，也不是说只是北京邮电大学、南京邮电学院等毕业的，像乐朝平、黎树旺都是厦大的。当时我们招了很多大学的毕业生，人才就多了。这些人经过八年十年的拼搏以后，都冒出来了。所以我们感到很欣慰，发展的同时锻炼了人，培养了人才，在需要的时候就顶上来了。我们当时就推荐了几个人，28日省公司成立的时候，我拿了一个考核表给他们，他们也就接受了。

回过头来，我这里到香港怎么办，还没一个谱。省里说要不要我就先当一个书记，真不行，就留下来，如果去就再换掉。我说不要，我还是有信心。到8月10日，部里的任命就出来了，派我去香

厦门移动(中)和厦门电信(右)荣获厦门经济特区建设25周年突出贡献企业称号(李振群供图)

港任副董事长、副总经理。8月15日,省里来宣布厦门公司的班子,当时班子也主要是陈扬中和王基三。我们原来7个人,有两个人退休了,我跟黄衍离开这里了,朱清福到邮政,就剩下他们两个。8月15日宣布完以后,8月16日我主持了成立仪式,就在原来的邮电宾馆。过了两天我就接到了通知,赴港通行证出来了。而当时有一条规定,内派赴港工作的人必须要参加一个星期港澳办举办的培训班。结果我们来不及去参加这个培训班,就先写了一个保证书,现在急着要去工作,等什么时候有这个班再去补,就这样先批了。于是赴港通行证出来后就去买飞机票,8月20日就飞过去了。

刚才讲到是叫作中国电信(香港),实际上现在已经成立了一个电信集团,移动集团怎么办?所以在6月28日这一天,在香港已经更名了,改为中国移动(香港)。这一段时间我的变迁就是这么一回事,我把它说成是1998年把邮政分出去,1999年把移动分出去,2000年把自己卖出去。

李珊:在香港待了多久?

李振群:两年八个月。

李珊:主要做了什么?

李振群:刚过去是把在7个省、自治区、直辖市收购的工作落实下去,虽然在内地已经宣传了,但是没有正式做,所以我就作为王晓初的副手,做这方面的工作。说实在的,这方面的工作我也不懂,都是在那边边搞边学习,8月20日过去,8月31日就上场参加中期业绩发布会。我也紧张得不得了。

其实8月31日就是半年报,一般就是在7、8、9月,特别8月是半年报最集中的时间。3月是年报,以前就是做半年报跟全年报,季报比较少。

还有一件有意思的事。有一天中午,我们三个人,王晓初,还有财务总监丁总和我在公司吃饭。丁总是1937年生人,他叫我把脚伸出来,一看我穿的鞋子是套的,就说我这个不合格,鞋子必须要有系带子,不是"一脚蹬"的那样。又让我把裤管拉上去,说袜子不能是这个颜色的,我穿的袜子比较浅,不行,要深色。周末我就赶快去买系带的皮鞋和深色的袜子,他是要求个人代表公司,不能让人家觉得不合礼仪,不是说要讲究派头。我理解,这不仅是对对方的尊重,也体现了个人的条理性和管理能力。

李珊:您要代表公司做这个吗?

李振群:到场的时候就我们三个,大概公布一下,我们三个人都要做一个演讲。演讲材料都有写下来,我们就按照那个稿子念。比如说总经理王晓初把概况讲一下,我讲主要运营的情况,丁总讲财务的情况,然后就是面对面地进行回答。他们提什么问题我们都要回答,我紧张得不得了。底下的记者非常敬业,我们坐在台上,他们是趴在那个地方,我们任何小小的动作都会被拍下来,很容易被抓拍,所以王晓初说不能乱动,会被拍到的。虽然回答问题我们心里都有点数,但是也怕不知道有没有理解他的问题,怕自己讲的不对。第一次参加了以后,外界给我的评论是这个人还挺熟悉业务的。

我们和沃达丰、高盛、美林、中金等投行都有接触和合作,慢慢学习。9月3日又根据港澳办的通知,回北京参加一个星期的学习。港澳办原来的副主任陈滋英叫我到他家里吃饭,聊一聊。学习回来以后就一直留心怎么回答问题,比如有些东西是忌讳的,不能讲。我就在其他同事回答提问的时候,注意听,看人家是怎么说的。王晓初是1999年过去的,丁总是原来广东省邮电管理局的总会计师,对经济工作比较熟悉,跟香港接触也比较多,而且一开始上市他就参与,对情况非常熟悉。我把他们回答过的问题列出来,然后把他们的回答遮起来,写出我的回答,用这种方法反复练习,实际上也是一个自学的过程。到了10月15日宣布收购北京等7个省、自治区、直辖市的移动公司,当天在香港宣布完以后就开始进行路演。路演是舶来名,我管它叫作"念八字",就是介绍我们公司怎么样怎么样,请人家来买我们的股票。路演两天,那些投资银行、基金的人都很专业,提问也很犀利。有一家公司和我们一对一谈的是一位姓钱的女士,她是天津人,刚好我们这次收购有天津公司,她就直接问:"你们天津公司到底怎么样?我去天津出差,看当地的喜来登酒店都不亮灯,说明没有什么高端人士住,经济不像你们说的那么好吧?"人家问题很尖锐的,所以很多问题需要怎么回答要有所准备。

在香港路演共两天,王晓初只待了一天就去新加坡,他去打硬仗;在新加坡只待了一天便跑到美国,到洛杉矶,到丹佛,那里有几个大的基金,要是能谈下来的话就很好。我们这次定的目标是100亿美元。前面提到的沃达丰也同意买我们的股票,买20多亿美元,这个大头我们必须抓住,所以我们这边的路演也非常紧张。

我在香港待了两天以后就到新加坡。我们所有行程委托给一家叫 Imagination 的公关公司负责安排,他们非常专业,不同的投行、基金提前预约好见面时间然后安排好行程,一环扣一环非常紧凑。我们只负责跟着行程走,做好面谈的准备,连行李都不用管,他们全部都有安排。我们到新加坡已经是凌晨 4 点钟,住的虽然是最好的四季酒店,可是完全没有印象,入住后躺不到两个小时马上又起来,因为跟人家约的第一波会面是 8 点多。

这种路演都是一对一谈,我们先介绍最近的业绩怎么样,然后对方就开始提问题,总共只有一个小时。一个上午要跑三到四家,安排是非常紧的。当天晚上吃完饭就飞去法兰克福,到了法兰克福已经早上六七点了,也是安排了很好的酒店,靠一下又去干活了。法兰克福之后正好周末,在马德里修整了一下,星期天晚上飞到海牙,星期一又马上投入一对一对谈。隔天从马德里飞到海牙又到阿姆斯特丹,然后又飞到伦敦、爱丁堡,在爱丁堡开了个早餐会,然后拜访爱丁堡"寡妇基金"。接着又由爱丁堡飞到都柏林,都柏林飞到慕尼黑,慕尼黑飞到巴黎谈了一整天之后,度过了一个周末。之后又飞苏黎世,那天早上开了一个早餐会,之后马上又上飞机回巴黎。结果巴黎那边风很大,飞机下不去,我们可能得往回飞。我问中午预约的午餐会怎么办?公关公司说可以安排电话会议。还好,我们最后还是飞到了巴黎。

李珊:后来达成了 100 亿美元的目标吗?

李振群:达到了。

李珊:那很不容易。

李振群:不容易,在巴黎有一次一对一的会谈上,有一位老太太忽然间问了几个问题,搞得我莫名其妙。她问:"你们公司到底是亚洲公司还是哪里的公司?你们公司是做什么的?"我就在想人家为什么要问这个问题呢,我们公司的名称非常清楚了,还问我们做什么,说明她还是在测试我们。后来我跟丁总商量,回答了四句话:我们的公司总部在香港,我们的业务在中国内地,我们的公司业务是移动通信,我们的目标是世界一流的通信企业。

李珊:这四句话很管用。

李振群:是的,到现在也没有错。作为中国移动,总部在香港,业务在内地,我们是做移动通信的,我有目标。这四句话我还是挺满意的。其实路演就是这么高强度、高密度的,连时差都没空倒。10月30日,我们就飞往纽约,王晓初他们也到纽约会合了。会合以后那天半夜三点多四点叫我们起来,五点多开会,因为纽约的早晨5点是我们香港下午的5点,这个时候香港已经收市了,所以要选在这个时间敲定定价,就是我们这次的股票要定多少钱。那天收市是港元50块,我们定为48元,折扣为4.48%。然后才经洛杉矶回香港,回来那天是11月3日。

李珊:后来为什么又有变化?

李振群:后来整个集团又有点变化,集团的意思是说香港作为一个机构,到了2002年又有一次收购,过后我们就进入正常的运作了。每个季度有一次季报,还有一个经营分析会,跟内地这边都有电话会议,把外面一些要求跟大家通报,经常接受基金一对一的提问。还有几个实体公司要运作,像在深圳有两个实体,一个是专门的结算,我们内部叫清算中心;另外一个是搞数据接入的公司,叫作卓望公司,实际上也是一个合资公司,我当过董事,跟他们一起一对一开过会。

李珊:您后来什么时候离开香港?

李振群:2003年4月。

李珊:离开香港是到哪里?

李振群:就回到省移动。

李珊：您担任什么职务？

李振群：2003年4月初回来后一直当党组书记，一直到2006年底退休。这些年移动公司发展非常快，用户增长非常快，业务收入也增长非常快。刚分离的时候，厦门移动也就是几亿元收入，但是现在已经是三四十亿元了，所以变化非常大；以前我们的用户就是一二十万人，现在厦门的电话用户是700多万人，这700多万人当中固定电话是114万人，移动电话是600多万人。我这个数据是上半年的数据，到上半年移动、通信、联通三家业务收入也达到29亿元了，所以增长非常快。大家现在都用手机传递信息，省下了时间，省下了金钱，这就是通信对于社会、对于经济的作用。

厦门移动应急通信车在东方明珠塔下执行
上海APEC会议通信保障任务（李振群供图）

李珊：2006年您退休以后就回厦门了吗？

李振群：是的，2007年2月回来后一直在行业协会。

李珊：到了行业协会之后主要是开展哪些工作？

李振群：因为行业协会的会员主要是企业，我想将协会作为企业和政府之间的一个桥梁。每年我们都会去走访一些主要的企业，跟它们沟通，进行跟踪。现在的业务发展和技术发展很快，所以每年都会组织几场技术方面的演讲，有讲大数据，有讲移动互联网，有讲5G，有讲智能城市，让大家能够多接触一些最前沿的事物。另外还会组织人员出去参观，比如北京每年都有通信展，去了后可以参加高层论坛，那都是各研究院、各大公司的头儿去讲。高层在想些什么，听了就能有一定的了解。之后我就带他们去看展览会，看看华为、中兴、爱立信、诺基亚这些知名公司都在做什么产品，还有一些是阿里巴巴应用、腾讯应用等。然后每年还组织几场球赛联谊。

李珊：听说您前一段刚刚忙完邮电分营20周年聚会？

李振群：很多老同事碰到我，说分营那么久了，20年了，大家应该聚一聚。后来我们就定了一个联欢会的方案，邮政、移动、电信各自准备3个节目，到五中借了一个礼堂，容纳400人。结果每一家都出了4个节目，老人也都想要展示一下，再加上一个客串的节目，有了13个节目。大家很高兴，反映很好。

李珊：大家可能都很感慨吧。

李振群：我给他们做了一个讲话，讲了十几分钟。首先提到这次聚会是大家要求，我牵头，4个退管会举办的。改革开放促进了邮电大发展，邮电大发展促进了我们体制的变动，体制变为专业经营以后就促进了更大的发展。这次聚会主题就是"纪念改革开放40年暨邮电分营20年联欢会"，主标题是：不忘初心，牢记使命，人民邮电为人民。其次把一些分营前后的数据跟大家公布一下，原来我们分营的时候是1750多人，现在在册员工9000多人；分营的时候退休员工是450人，现在退休员工是960多人。最后表示感谢，我们既为社会服务，也对社会做贡献。

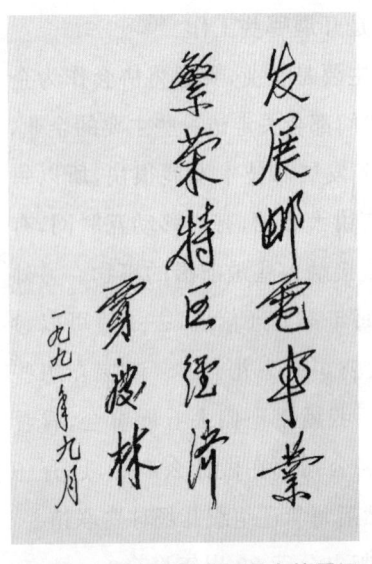

时任中共福建省委书记贾庆林题词　全国人大常委会原副委员长彭冲题词
（李振群供图）　　　　　　　　　　（李振群供图）

厦门市原市长邹尔均题词（李振群供图）

我的中国制造梦

——香港宏泰集团、厦门宏泰集团董事长曾琦口述实录

口述人：曾琦
采访人：李珊
整理人：李珊、王露娅
时间：2018年8月23日上午、2018年8月28日上午
地点：厦门宏泰集团办公室、漳州宏泰科技园
口述人简介：

口述人曾琦(曾琦供图)

曾琦，香港宏泰集团、厦门宏泰集团董事长，厦门市首批"荣誉市民"，是第一位独资在厦门特区投资的港商。

他是特区先进制造业与文化产业发展的开拓者。他于1985年创办了厦门宏泰发展有限公司，从一个年产几十万台电话机的工厂，发展到了如今包括制造业、房地产业、进出口贸易、金融投资服务和文化产业等业务的多元化集团公司。他坚持实业报国，坚持先进制造业，30年前兴建了福建省第一个科学工业园；30年后兴建了宏泰的第二个科技文创园，其智慧工厂成为国家级两化（自动化与信息化）融合企业、国家级智能制造综合标准与新模式应用示范单位。2006年，他为中国国际钢琴比赛永久落户厦门而独资兴建的具有国际水准的宏泰音乐厅、萧邦艺术厅及附属设施，是全国第一个由民间力量建设的社会公共文化设施项目，多年来为厦门多项政府大型文化活动提供了有力支持。

他积极推动厦门、香港、台湾的交流，促成厦门、台中两地首次直航及各项深入交流。他作为香港厦门联谊总会理事长，积极参与促成2008年台中市市长胡志强率领首航访问团访问厦门。推动发起"中华心·两岸情"赈灾音乐会，向台中"莫拉克风灾复原重建工程"社会救助金专户捐出1000万元新台币。

他长期热心支持社会公益事业。在他的倡导下，公司专门开辟适合残疾人劳动就业的生产线，最大限度录用残疾人。多年来，他先后捐款总额达到3000万元人民币，用于支持教育、文化、体育、赈灾、扶贫等慈善和公益事业。

李珊：1978年，祖国刚刚开始改革开放的时候，您当时在哪儿呢？

曾琦：我在香港。讲起我们家的历史，实际上也是段非常不得志的历史。我们家在抗战以前是个很有钱的家族，有钱庄、电影院、房地产，还修公路，像厦门的曾厝垵路就是我们曾家开的。我们的万盛源钱庄的银票甚至可以在北京使用，在当时来讲是个很大的银行。所以抗战前，我们曾家是非常风光的。

我爸爸那时候也是非常年轻气盛,从剑桥大学新加坡分校毕业后,就被我爷爷叫回厦门开办了华侨俱乐部,即现在的思明电影院,它可以算是当时中国最早的电影院之一。我爸也是最早引进国外电影的商人,上海还比我们迟一个月才引进国外电影。我爸从无声电影做到有声电影,再做到彩色电影。当时引进的外国电影还没有字幕,我爸是现场翻译,他英语非常好。华侨俱乐部是当时厦门的文化艺术中心,里面有思明电影院、舞厅、餐厅等娱乐设施,有钱人都到那里去。

抗战前后,我们家经历了两次很大的风波,导致我们家族的破产。

第一个风波是1928年的大萧条,银行挤兑等乱七八糟的事情使得我们的钱庄没了。但是思明电影院依然非常红火,支撑着我们家族事业的发展。当时我们有的士公司、运输公司,包括现在新华路(原来民国路)两旁的物业都是我们家的。

到抗战的时候,我们家在内地的产业就彻底没有了。我爸当时是厦门有名的商人,目标太大,如果日本人找他做汉奸,怎么办?因此他干脆跑到香港去。这样,抗战期间内地的产业就都让台湾人占去做了。我们已经一无所有。

我爸到了香港后,以为抗战两三年就能结束了,结果那么多年都不能结束。1942年还是1943年,他等不了就回到厦门参加了义勇军,还当了中队长,在一次执行任务时被日伪军抓走,我妈到处筹集了一些资金,拿了一大堆的银圆去收买伪军的队长,才把我爸救了出来,全家连夜跑到了南靖。抗战期间,我爸就在南靖中学教英文,后来才生的我。如果我妈当时没有救出我爸,也就没有今天的我了。日本人摧毁了我们的家族,对我们而言是国仇家恨。我们那时候虽然还剩余了一点钱财,但只是普通老百姓了。

第二个风波是抗战胜利后,国民政府来了,却又把思明电影院没收。因为抗战中,日本人扶持的台湾人把思明电影院占去经营,曾经有过一次火烧，后来台湾人花钱进行修复，因此国民政府将其认定为"伪产"，予以没收。我爸就到法院告，一直告到1948年，当时的厦门法院支持我们的观点，把思明电影院还给了我们曾家。你可以去查，当时的报纸都有记载。结果新中国成立以后，思明电影院被收归国有，其实这是真正的华侨在厦门投资的资产。

经历了这整个过程，我们家在抗战后基本上都谈不上是资本家了，没有产业了。只是因为我爷爷以前是印尼的侨领，当时我们家在南洋还相当有地位，所以有华侨要来厦门投资，成立一家华垦公司，就找我爸出来经营。但实际上不是我爸出钱，那时候他也没钱了，只剩下些许积蓄，正如厦门人讲的，破船还有三分钉嘛。但我爸去帮忙管理华垦公司的火柴厂，新中国成立后就被评为资本家。

我读书非常好，但是考不上大学，因为成分不好。为什么知道我大学考得非常好？因为我考大学的时候，我二姐的一个同学是当时天津大学来福建招生的三个组员之一，看到了我的考卷。当时我喜欢无线电，报考了天津大学无线电系，这个系非常难考。我成绩非常好，平均成绩是86分，在当时是非常高的，读清华、北大都可以的。他准备招我，但是组长看过之后说我成分不好，不能收。我也就没能上大学，那一年是1962年，对于我也是一个很大的打击。后来我就到一家业余的大学去读，实际上我读书全是靠自学的。

因为我成绩好，刚好当时厦门市科委的研究室要招临时工，我就给招去了。我在厦门市科委工作了近7年的时间，江平当时是我们的办公室主任。科委有几个大项目，我们研究的3个课题当时在世界上都是非常先进的。结果"文化大革命"来了，就完蛋了，全部停止了。我这个临时工也不能干了，被遣散了。其实之前就有很多单位要我去，在科委研究室散了之后我就到一家民办的无线电厂做个技术员。一直到1976年才到香港去，因为我太太父母在香港,她1974年便去了香港。这段时间是我非常波折和不得志的时候。你看我现在好像很风光,但是其实40岁前我是很不得志的,尤其是我年轻的时候。

1976年我到香港去,不懂广东话,不懂英文。我学俄文的,工作也不好找。因为我在科委工作多年,后来终于找到了当时香港最大的电子企业,康力集团旗下的一家公司,去当工程师。在那家公司,我也升得很快,一年就被升为工程部经理,第二年升为部门经理。这家公司的总经理也是个打工的,后来他邀请我出来跟他一起创业。我们便在1979年一起成立了一家电子公司。那时是个好时机,世界电子产业正处于大发展的时候。当时我发明了电话自动录音的设备,拿到了大量的订单。同时我在美国拿到了两个专利,所以我们的生意非常好。1983—1985年,每年有五六千万元的净利润。当年这可是个天文数字。企业最大的时候有5000多人,3家工厂。

1984年,公司来到厦门投资,我负责在厦门建公司经营,成立了厦门永泰公司,可是我的合伙人并不看好内地发展的市场,并借由发展理念不同,逼我离开公司。当时我在公司的股份市值至少2000万元,但他只给170万元,同时又提出条件,如我离开公司后三年不做老本行,再给我600万元。依我的性格,怎么可能答应这个条件呢?1985年,我独资创办了宏泰,依然做我的老本行!重新创业那会是很辛苦的,没什么钱,我把所有房产抵押给银行进行创业。如果我失败了,就得重新打工。

李珊:当时创业大概投入多少资金?

曾琦:我投入了四五百万元,也是个大数字,靠的是房产的抵押加上自己的积蓄。我当时就想,既然我能把一家公司从零做到这么大,为什么不能自己重新从零开始呢?这是我当时最大的信念,同时我对自己很有信心。

李珊：当时为什么会选择来厦门投资呢？

曾琦：这里面又有一个故事，一个真实的非常有趣的故事。当时邓小平发展5个经济特区：厦门、深圳、汕头、珠海、海南。深圳离香港最近，深圳经贸委的一个同志不知道从哪里找到我的电话，打给我说："曾总，曾总，我们现在改革开放了，深圳条件非常好，土地便宜，你可以来深圳投资。"我说："可以啊，我们约个时间去看。"我们就约好时间去罗湖见面，他穿一件蓝色的衣服，我穿一身灰色的西装，大家见面再谈。只是手中没有拿本杂志就是了。（笑）故事里总是拿一本杂志，其实没有。那天我还是挺守时的，约定9点钟见面，我8点多就到了。结果到9点钟，我到处找还找不到这个人，一直等到10点钟。我想不能这样白等着，不如打一通电话回办公室，如果他找不到我，一定会打电话到我的办公室，当时还没有手机。于是我就到邮电局去取号，排队打长途电话。你们都不知道吧？打长途电话的人多得吓死人，我排队等号一直等了两个小时，等到快12点钟，还是轮不到，我就回来了。隔天，经贸委的同志又给我打电话说："曾总，不好意思，不知道怎么回事，你也找不到我，我也找不到你，人太多了，不如再约个时间过来。"我说："对不起，我们是搞制造业的，通信这么不方便，制造业没有办法做。"而且我们做的是出口生意，当时没有做内销，我觉得深圳还没有合适的条件做对外加工的贸易。

没过一两个月，我又接到个电话，是江平打来的。江平是当时厦门市副市长，他以前是我在科委时的办公室主任。他去香港找我说："曾琦，厦门现在改革开放了，我们要建特区，你是不是能来厦门投资？"我就邀请他们到我的公司坐坐。他们说："哇，你们的公司做得这么好，是不是可以来厦门投资。厦门现在是特区，除了土地便宜外，我们厦门政府重点搞基本建设，要建机场，建万门程控电话，解决通信问题……"我想想，这个倒是有点靠谱，加上厦门又是我的家乡,江平是我老领导,我说好,马上答应他我可以到厦门办个小厂,抛砖引玉。我想将来会有很多的大厂和大公司进来。

不久之后,我到厦门考察,实际上当时不只是考察厦门这一个地方,还考察了深圳,又考察了泰国、马来西亚和菲律宾。因为我们企业当时在香港生意做得也是不小,所以没有办法继续在香港做制造业了,必须往外走。考察后,通过投资环境、成本等评定,结论是三年内在马来西亚的短期收益最好,如果超过三年,中国大陆最好。我们又分析厦门和深圳,其实当时深圳有很多有利条件,地理位置要比厦门好很多。但是当时厦门政府改革开放的力度比深圳大,加上我又是厦门人,而且当时厦门的基本建设做得比较好,所以我就决定到厦门来。当时就建成了一个永泰电子,后来我之前的合伙人把永泰撤走了,我就用原班人马成立了个宏泰。所以说永泰就是宏泰的前身,我们真正来厦门投资应该是1984年。

宏泰揭幕(曾琦供图)

李珊:您当时起名"宏泰"是有什么样的寓意么?

曾琦:因为我在香港的公司叫明泰,在厦门的第一家公司叫永泰,都有个泰字,所以我想叫个宏泰(Kingtronics)更好。(笑)宏泰的名字是我取的。

李珊：当时您成立宏泰的时候，地点是在哪里？

曾琦：瓷厂，厦门中华瓷器厂。在成立宏泰的时候也是很有趣的，因为当时外资独资企业在大陆是没有的。根本不知道到哪去注册，也不知道手续该怎么办，真的是摸着石头过河。我们给厦门市经贸委打了报告，要独资成立宏泰有限公司，没想到很快就有了批复，从厦门的批复到我们拿到中华人民共和国国家工商行政管理局颁发的营业执照只用了一个星期。我记得当时我们的营业执照都是派人去北京找商务部还是什么部门直接拿的。厦门当时还没有完整的系统可以办理注册手续。刚开始的时候，我们厂的规模很小，就160多人。你知道这160多人，包括退休的，到今天还有多少是跟随我们的吗？有30%~40%，已经非常高了，很少企业能这样。现在我们公司，工作10年的不算老员工，15年的一大批，25年、30年的也不少。

1985年12月厦门市经贸委批复(曾琦供图)

李珊：那看来你们的企业文化很有用。

曾琦：其实我们的企业文化讲来讲去就是两个要素。第一个是品质，第二个是我们是个大家庭。这两点很重要。没有品质企业是很难生存的，如果没有把企业当作大家庭来发展，也会四分五裂。这两个是我们宏泰最原始的理念。因为我是学工程的，所以认为品质很重要，没有品质做什么都没用，即使你靠关系拉来了订单，没有品质，做完了第一单，第二单人家就不会再来找你了，商业合作就不长久。这才有了我们做生意坚持的八个字：诚信、创新、品质、分享。这就是我们的经营理念和文化。

公司刚成立的时候，条件相当不好，因为厦门特区也才刚开始发展。我还记得当时我住虎园路18号楼，算是最好的了，是幢别墅，就在厦门宾馆旁边，之前叫宾馆5号楼。当时的厦门连晚上电灯都是比较暗的，路上也很冷清。

李珊：您那时候怎么去上班呢？有小轿车么？那时候也没有出租车吧？

曾琦：有，有，我有辆小轿车，我再补个故事给你听。1984年来厦门投资的时候，我当时还是个小老板，我们的大老板没有派车子给我。我自己便买了一辆奔驰车，厦门的第一辆进口车就是我买的。有一次我坐飞机回香港，旁边坐的是香港仁孚的一个销售总监，我问他来厦门做什么，他说来厦门卖奔驰车子。我说："你在大陆卖奔驰就如同向和尚要头发一样，永远卖不出去，你卖了几辆了？"他说一辆都没有。我说与其飞到厦门来卖奔驰车子，不如推销给我还好点。第二天他真的到我办公室来，我就向他买了一辆。为什么那辆金色大奔我一直没有给报废掉？因为它就是厦门改革开放以来第一辆进口的奔驰车，奔驰380E。后来悦华酒店见我的车这么漂亮，也买了3辆。（笑）

那个时候，我们在瓷厂，也就是东浦路那边租了个500平方米的地方，开始做来料加工产品。改革开放初期，因为我们做的产品比大陆先进，公司虽小但大家都像对待小 baby 那样关爱我们，并对我们充满了好奇，所以有中央领导来，一定会来看宏泰。说句实话，虽然说改革开放大家都没有经验，很多政策也不容易搞，但是宏泰还是受到非常大的扶持。我们不断发展，从瓷厂又搬到电子仪器厂。当时项南书记每次来厦门一定来看我们，项书记对我们很关心，他说："你这样不自己兴建厂房，到处换地方也不是个办法，我带你去找。"他就带我去找，第一个找到的是丝钉厂，当时丝钉厂已经不行了，就想着赶紧买下来。可是也才8000平方米，项书记说这地方太小，没办法发展。后来才找到现在的这个地方，那时候这里还是一片荒凉，连路都没有。项书记说这个地方好，我觉得也不错，就定在这里，才有了我们今天的福建省第一个科学工业园——宏泰科学工业园。

1985年宏泰的生产车间(曾琦供图)

其实我们在改革开放有几个节点是值得去写的。第一个是在1986年还是1987年的时候，中央有个讨论，让领导定位，你是要姓社还是姓资。意思是,你支持这些外商就是姓资,所以当时邹尔均和江平受到的压力非常大,他们俩一个是市长,一个是副市长嘛,但是他们还是坚持支持我们。当时很多外资也有压力,领导也有压力,因为社会舆论的压力也是不容小觑的。对于领导来讲,被人质疑姓资,走资本主义道路,在那时候可是大问题。但是邹尔均和江平还是坚决走邓小平的路,才让厦门的改革开放继续走下去。

第二个是1989年政治风波,我正在美国芝加哥,从电视上看到了,当时就打了两个长途电话,一个打到厦门公司,一个打到香港公司。我给厦门公司讲了三点:第一点,外出的干部马上回厦门;第二点,工厂不准停产,不准参加外面的任何公众活动;第三点,不准随便发表意见。我又打了另一通长途电话到香港,当时香港的股票跌得一塌糊涂,大跌!我让财务总监用所有可以动用的资金大量购买优质股票。我就做了这两件事情。

李珊:很有决断力!为什么您敢做出这种判断?

曾琦:首先还是因为我对共产党有信心。我就是因为这个信念才敢买股票,我还做了另一件更不可思议的事情:1989年宏泰成立党支部。当时大家都要跑了,但是我们成立了党支部(宏泰是厦门非公企业第一个建立党支部的)。另外还建了一号楼,就是我们的宏泰工业园。别人资金都跑了,人都跑了,我们还买地建房子。就像股神巴菲特说的买股票,大家都恐慌、不敢买的时候你要进去,大家都在抢的时候你千万不要跟风,而是要退出,要逆势而为。当然这个不一定是适合任何事情,最主要是因为我对共产党还是有信心的。它能让中国强大起来,让老百姓的生活富裕起来,这才是老百姓需要的。只有共产党能够带领中国走向辉煌,所以你必须要有一个坚定的方向,这其实才是我的主心骨。

李珊:所以这么多年宏泰也一直坚持升国旗,就是会有一些仪式性的教育。

曾琦：这是对我们宏泰人的教育，你必须爱这个国家。作为中国人，这点认知很重要。因为只有国家强大了，老百姓才能安居乐业。如果国家不强大，安居乐业是短期的，你潜在的风险很大，这又是一个系统工程。

李珊：确实。

曾琦：组织我们的干部升国旗唱国歌，坚持了20多年。我们并不是做给人家看的，而是一种长期的爱国主义教育，当年中央电视台记者来采访，因为他们知道，平时没有人看我们还是照做。仪式感很重要，是一种潜移默化的教育。

2007年7月7日黄小晶省长(正中)到宏泰进行党建调研(曾琦供图)

李珊：先有形式才能内化于心。

曾琦：以前没有宏泰路，那条路本来应该是政府建的，后来市政建设资金有困难，当时的厦门市委主要领导说不如我们来建，就用我们的名字命名。于是我们就建了宏泰路，这是厦门市唯一用企业名字来命名的道路。建完以后我们为了要宣扬服务社会、服务人民的理念，1992年就在宏泰路边上建了一个"服务于社会服务于人民"的宣传栏。这个宣传栏也放了20多年,每个月的第一个星期一,我们就在这个宣传栏下升国旗,唱国歌,宣誓服务于社会、服务于人民的理念。

李珊: 回顾宏泰这些年,在创办初期时,主要还是做出口加工这块?当时主要的产品是什么?

曾琦: 还是以通信产品为主,做电话录音机和电话机,全部出口,一直到1987年才开始做内销。从1988年开始研究自主知识产权的东西,1990年开始做自己设计的产品。

1988年2月宏泰科学工业园奠基典礼(曾琦供图)

李珊: 当时为什么会选择做自动电话录音机呢?

曾琦: 说个有点吹牛的话,做自动电话录音机,我讲第二,全世界没人敢讲第一。可以说我们公司是自动电话录音机的鼻祖,我有好几个发明专利,还曾经拿到美国35%的市场份额。我把AT&T(美国电报电话公司)、松下、索尼等很多竞争者都打下去了。我专门跟GE(美国通用电气公司)合作,拿到大量的市场份额。宏泰历史中的前20年,就是靠这个知识产权生存下来的。谈不上辉煌,只能讲生存。(笑)美国"9·11事件"发生时,有人最后一通电话打到家里去,没有人接,就是用我们的GE电话录音机录下来的,GE还拿这件事去做广告了。后来没有再做了是因为手机已经出来了,自动录音、电话留言都有了,就不需要了。

我们就开始转向做商用产品,好在转得早。改革开放前半期,我们从来料加工做到自主知识产权,但是一直停留在消费电子产品的范畴。到今天我们一共做了四次革命,第一次革命就是做简单的来料加工,改变中国传统的粗略的制造模式;第二次革命就是发展自主知识产权,自己设计制造;第三次革命就是进行生产自动化升级,同时从消费类产品转型成商用产品;第四次革命就是现在的自动化、信息化相结合,打造先进制造服务平台。这次革命没有结束,还在进行当中。

李珊:回顾这些年,您觉得比较艰难的节点有哪些?

曾琦:我告诉你,搞制造业其实从来没有轻松的时候,一定要说的话,主要有几个艰难节点。

第一个是刚刚起步的时候,在香港跟领导一起创业,这个故事讲过了,他后来把我的股份吃掉,我从一个5000人大企业的总经理变成一无所有。这个是非常艰难的。

第二个是在自己创业初期,万事开头难嘛。

第三个是当时我们做很多内销生意,三角债很严重,很多钱没有收回来,必须要重整旗鼓,就把那个生意砍掉,大概四五千万元。四五千万元在1994年是什么概念,完全扔到海里面,全部抛弃了,不干了。当时我做两个经营的重组,现在想也是很大胆的决策,第一是把那些收不到钱的生意砍掉;第二是做DVD,研发出来了,也生产样机了,结果我决定把这个产品扔掉不做,因为我发现没有自己的知识产权,所有东西捏在别人的手里面。单单这个项目在当时就已经花了四五百万元。

李珊：而且那个DVD很火。

曾琦：是的，没有办法，不可控，所以这也是非常难的决策。但是我们好在没有做DVD，如果做的话，后来也会很惨。这是我当时很难的一个决策，但是也挺过来了。

在重组的同时我们也走出一大步，自动化的一大步，进口大量的自动化设备，当时厦华、厦新还没有自动化设备。企业的革命性决策是很痛苦的，同时也要花大量的金钱，好在老天保佑我们，让我们挺过这么困难的时期。

另外一个决策是2004—2008年把消费产品全部砍掉，改成商用产品。这也是非常大的革命。

20世纪90年代购入的自动化设备（曾琦供图）

李珊：就是第三次革命吗？

曾琦：是。我们的第三次革命有两件大事情。第一是我们有意识地把消费产品慢慢淘汰掉，转型成商用产品。第二是全面自动化，提高制造水准，否则难以做到商用产品的品质。因为人工做的东西出差错的概率总是比较大，只有做自动化产品的质量才会好，所以我们投入了大量的自动化设备。自动化程度越高，对工人的要求越低。工人和技术员的比例也有改变。以前劳工密集时，工人比例占90％，技术员占10％；现在自动化程度高了，工人比例占50％，技术员占50％。总的工人人数也降下来了。

我们的自动化设备在全厦门也是最早的，1990年宏泰才成立5年就开始做自动化了，厦新、厦华也是我们做了才跟着做。比如我们的电路板车间，自动化以后省掉了90％的工人。有一段时间工人很难找，自动化程度高了之后，我们就没有像其他工厂那样对工人的需求那么大了。比如我们现在生产POS机，同样的产量，效率要高很多，自动化程度高的SMT（表面贴装技术）车间，过去5000人的活现在100多人就完成了。目前我们是世界POS机的主要生产地，是中国最大的电子金融支付产品制造商，我们的产量占全国总产量的近40％。最高一天能生产10万台POS机。

李珊：2004年的时候，您投建了漳州宏泰科技园，为什么会想到投建这个呢？

曾琦：这又讲到我的系统理论了。其实任何一个系统都是代表它的生产力。现有的系统已经发展到极致了，已经达到最大化制造能力了。如果没有革命，形成一个新的系统，就走不动了。我们在厦门厂已经走到顶了，如果没有往外面发展，今后的十年，做得好也就保持原样，做得差就会被淘汰。所以必须要革命，建立一个新的系统来引领未来。

因此我们才在漳州建立了一个这么大的新公司。这里也是"宏泰智慧工业4.0＋"的一个样板，我们把它打造成"百亿级小型智慧工业服务平台"的试验基地，希望未来可以为全球范围内的制造企业提供一个共享的智能制造服务平台。它不受时间、地点的限制，小到一台机器的定制都可以满足。这个平台的特点，就是通过云端的全线物联网服务于任何制造商的订单、材料、智能制造、品质管理、成本管理和交货等供需服务平台，保证不同的企业不同的需求，最终可将企业的生产能力提升到"工业4.0"的建制标准。

自动化和信息化相结合贯穿了从接单、物料供应、智慧制造、质量控制、人力资源、实时成本与销售、中央仓储到配送的整个过程。比如说在SMT车间，有将近20条生产线，一个人管理一条生产线，只需要大约20个人。可是如果10年前，至少要配置200人。再早一点，全部手工的时候，最少需要五六千人。还有我们的智能立体仓库，所有产品从进厂时的零部件，到最后成品打包出厂，所有的清单、装卸和打包工序都是由信息化控制下的机器来完成。这在过去是不可想象的。

现在的电子厂SMT车间（曾琦供图）

李珊：据说这些想法您20年前就在博士论文里写到了？

曾琦：我告诉你，其实是我后来一直做这个事情，然后再回头看我的论文，才发现怎么跟现在国家的大环境是如此吻合，连论文的题目都是相符合的。这其实也源于我的性格，我在做制造业的时候没有放弃我的梦想，到香港后我继续深造，攻读英国华威大学的IGDS（Integrated Graduate Development Scheme）研究生课程，学的也是制造专业方向，拿到了研究生学位。1992年，英国华威大学来远东招博士研究生，每年只招几十个，我是第一批从香港招进去的博士研究生，二十几年来招了数百个，但能够拿到博士学位的毕业生到去年才19个,听说今年将诞生第20位。

李珊:这么少。

曾琦:非常少。1997年,我们毕业的时候要论文答辩,在英国考试,整整一天。提前一个月在英国学术公告上登出几月几日是哪一个人论文的介绍和答辩,其中上午开放给全英国有兴趣的教授跟研究生进来旁听、提问。来听我这个论文的基本上坐满了一个厅。早晨的一个考试对我来讲比较简单,到下午就不一样了,是有7位教授来考,其中只有3位教授是我们大学的,其他4位是外来的,不像中国考试有认识的教授,他们都是我完全不认识的。考试挺难的,考了一个下午,大约三个半钟头。考到最后,他们问来问去都问不倒我,他们都不相信我能写出这样的论文,以为我是请人家写的。当时有一位教授问道:"你曾经说你的参考书是这本书,你读这本书读到什么内容对你有启发?"他就是怀疑我的参考是假的,但我是真的读了,很清楚这个书是怎么写的,对我这个论文有什么帮助,我一一做了回答,回答到对方没话说。问完这个以后,我们大学一个系主任对他们说不能再问了,再问已经超出可以问的范围了,意思就是他们问得太过分了。另外一位教授就跟我讲:"我现在考虑一个问题,就是什么时候有机会买你们公司的股票。"

李珊:这么肯定?

曾琦:最后就通过了,这19个人的毕业论文只有我这一篇论文不需要改,一次通过。通过完以后学校马上有人来找我说要把我的论文放在图书馆,就是要签一下同不同意使用版权。我当年论文的题目叫《中国制造业集成战略的设计与实施》,20年后回过头一看,与现在中国政府提出的"中国制造2025"不谋而合。

李珊:结果20年后论文变成现实。那漳州这里定名为科技文创园,为什么会加"文创"呢?

曾琦：因为我们每一个基地里面必须要有相当的文化内涵在里面，表面上看似乎跟生产制造无关，但实际上它是在背后形成一种无形的动力。比如说漳州这个厂，我们将来会有2/3做制造基地，1/3做文化基地。本来就计划把漳州基地打造成一个现代的旅游文化工厂，这就跟文化有关系。我们现代化、信息化的工厂可以对外开放，让大家来学习参观，成为一个样板工厂，打造一个先进制造的服务平台。在这个服务平台上，如果你的工厂没有优良的文化，就没有办法做出优良的产品。

我们企业的服务平台有三个大概念：第一个就是我们的文化背景——我们的向日葵文化、向日葵服务理念。其实服务理念是很广泛的，不只是服务客户。每个部门之间的关系都是服务和受服务的关系。有了这些服务理念，做东西的品质就好了，这个就是一个很重要的文化基础。向日葵理念跟TQM（Total Quality Management，全面质量管理）就是我们的质量文化。

第二个是我们的战略思想，我们怎么去做生意。我们有一个创新、改进、求变的战略思想，任何事情都需要创新，人家跟你竞争时你一定要改进，当竞争很严重时必须要求变，不能站在原地挨打。

第三个是我们自动化和信息化的两化合一，也就是我们的即时监控系统。其实这是我在20多年前的论文里写的东西，今天也是国家制造业发展战略——自动化与信息化相结合之两化融合，都发生在我们的公司里面。

李珊：2006年，您投资新建了宏泰音乐厅，还永久落户了中国国际钢琴比赛。这个是不是有点跨界了？

曾琦：这个讲法不正确，建音乐厅是有几个原因的。我前面提到过要有"诚信、创新、品质、分享"。这是个由小及大的过程，先从个人的分享，到家庭的分享，到周边同事的分享，一直到社会的分

漳州宏泰外景(曾琦供图)

享,这是我的分享理论。我不赞同有钱了还当守财奴,所以建音乐厅厦门市老百姓都能分享,也是回馈社会的一种方法。

当时是张昌平当市长,他到北京去争取中国国际钢琴比赛,从北京移师到厦门来,希望第四届由厦门承办。北京派了很多专家来厦门考察场馆:鼓浪屿音乐厅、歌舞剧院、莲花影剧院等。结论是厦门没有条件办国际比赛,连场馆都不合格。也是凑巧,因为我跟文化局局长很熟,我们有开琴行啊,国际合唱节活动的乐器很多都是我们提供的。因为这层关系,吃饭的时候也邀请我去,正好当时我在规划建设宏泰科学工业园的最后一幢写字楼——6号楼(宏泰中心大楼)。我就想不如把设计重新改过,将原设计的国际会议厅重新设计改为音乐厅,由我来出资建造。政府也很高兴,非常支持。于是就重新设计了目前这个音乐厅,它可以说是世界上最好的音乐厅之一。我把钱投在这个音乐厅,让老百姓来享受,这是全中国唯一一个私人做的音乐厅。

我用了6000多平方米的写字楼楼面面积来做音乐厅和附属设施,别人不了解以为这是工厂用地改成的,其实这是我们当时拿地规划的一块写字楼用地。

李珊：您一直追求品质，我看您把品质的概念也用到了音乐厅里。

曾琦：对的，我们的音乐厅可以说是世界有名的音乐厅了。我把我的可变声场发明部分用在宏泰音乐厅，并申请了可变声场的专利。我们拿到了美国专利、日本专利、欧洲专利、中国国家发明专利，解决了建筑声学一两百年来无法解决的难题。目前只应用了1/4在我的音乐厅上，我准备在漳州基地建立全世界唯一的可变声场的剧场。目前市面上的音乐厅、电影院、歌剧院、会堂的声学都是不一样的，我这个可变声场的结构出来后，就可以随便用电脑改变它的环境声场，适应不同的需求，想做音乐厅就变音乐厅，想做电影院就变电影院，实现多功能。等漳州可变声场的剧院建成以后，可以作为一个样板，全面推广。这其实也是文化产品。

2007年10月第四届中国国际钢琴比赛(曾琦供图)

李珊：2008年厦门和台湾实现直航的故事您能说说吗？

曾琦：对对对，这个故事也很精彩！当时我是厦门香港联谊总会的理事长，开始两岸直航的计划里根本没有台中和厦门。我当时是一直想促进台中跟厦门直航的,但是直航有几个条件:第一,必须要有陆委会相关批示的文件;第二,必须要包机。2008年7月4日就要宣布两岸直航,如果这天没有定到飞机,就直航不了。当时我有跟台湾保持联络,如果能把台中的4个县市首长一起请过来,定一架包机过来,这就很有影响力了。但是这些首长到大陆来需要的批文,陆委会一直批不下来,我也不能等文件批了再定包机,那就来不及了。当时台中的两岸交流协会会长找我,问怎么办,我说唯一的办法就是冒险把包机先定下来。但是我又不能用公家的钱,因为这件事情都没有成行,怎么能用联谊总会的钱,不行。他们也没钱,我说我私人定下来,约150万元新台币吧。如果成行,那没话说;如果不成行,这个钱我来付。一直到2008年7月3日,直航的前一天台中首长们才拿到签证,才有了台中市市长胡志强带领四县首长搭乘包机直航。我亲自到台中去陪他们飞回来。如果当时没有我定这个包机,这件事情根本不可能。后来国台办对我们这次成行评价很高啊!说这次两岸直航,最大的亮点就是台中跟厦门,因为它是四县市的首长参与直航,是最有分量的。

李珊:我看还有很多企业,可能掘到第一桶金第一是想赚快钱,您没有受到这些诱惑吗?

曾琦:你讲得对,这跟民营老板的决策有关系,90%以上的民营老板赚到钱以后就开始享受,没有目标。我现在够有钱了,我可以不干,还可以享受,为什么70多岁还这么努力,有两个目标:一、我的制造业的概念和理想,希望在有生之年能够在中国制造业发挥作用;二、我们宏泰人还没有真正富裕起来,我还要带领他们富裕起来,所以我说要在宏泰系统创造100个亿万富翁。能不能创造100个亿万富翁,取决于我这个服务平台成不成功。今天我跟很多同事讲大家努力工作不是为我,而是为我们共同的目标:企业

1998年四川地震后宏泰与厦门爱乐乐团举办赈灾音乐会，曾琦在电台直播车内接受采访（李珊摄影）

需要不断发展。因为只有企业发展好了，自己才可以好。我的目标没有完成，我的理想没有达到，所以我还拼老命去做。这就是我现在的心态。

香港特别行政区第五任行政长官林郑月娥到访宏泰（曾琦供图）

李珊:就是有这么一个宏大的愿望。

曾琦:我认为这个世界只有制造业才可以创造财富,没有制造业这个世界就什么都不是。所以 30 多年来我秉着这个观点,只有发展先进制造业才是真正的强国之路,当然农业也是,虽然最难赚钱,但是很踏实、实在,可以真正创造财富。

从小学毕业生成长为"技神"

——妻子讲述盖军衔的故事

口述人：王嫣明（盖军衔遗孀）
采访整理人：李珊
时间：2018年10月27日下午
地点：王嫣明家
口述人简介：

  盖军衔，男，1955年12月出生，厦门工程机械股份有限公司培训中心总监、高级工程师，被誉为"极地英雄"，曾获全国劳动模范、福建省"首席高级技师"、"中华技能大奖"获得者等荣誉，因病医治无效于2013年4月25日逝世。

盖军衔像(王嫣明供图)

  他是第一个参加我国南极科考事业的产业工人。先后三次在"生命禁区"南极最高点，克服常人难以想象的困难，以高度的责任感和纯熟的技能，圆满完成各种设备的抢修和维护，为考察队提供可靠的机械保障，被评为"最优秀的考察队员"。

  他是扎根一线30多年的技术能手。1975年当车间工人时，他不满足于"递扳手"的角色，刻苦学习和钻研，摸清和掌握每一张图纸和工艺，许多部件闭着眼也能拆装自如，实现了从初中文化工人向知识型高级工程师的跨越。他"手到病除"的技艺为企业解决了数百项次技术难题，节约了几百万元的成本费、维修费和售后服务费。

他甘为人梯，大力培养青年技术骨干。他将多年实践积累的知识，形成数篇学术论文先后发表在国家CN级期刊上，编写了厦工系列《装载机操作和维护保养》《部件工作原理及维修》图册，并制作成中英文教学光盘，供海内外市场用户举办培训班使用。他深入浅出向青年技工传授技艺，培养出来的青工技师有多位在全国修理工大赛中获奖。

盖军衔夫妇合影(王嫣明供图)

李珊：王大姐好，您能简要介绍一下盖工的经历吗？

王嫣明：他是1955年12月出生。他父亲原来是军队的，1955年正好是我们国家授衔，老军人也没有什么文化，直接就给他取名叫军衔，名字就是这样一个来历，后来他父亲转业到地方也就跟着下来。他是1975年12月参加工作，当时我跟他一批进厂。

李珊：当时工厂叫什么名字？

王嫣明：厦门工程机械厂，在厦门算是老国企。

李珊：厂址在哪里？

王嫣明：就在厦禾路，现在的海翼大厦这个位置。进厂的时候他就是小学毕业学历，是师兄弟中学历最低的。我们这个厂的工人来源几乎都是岛内的人，都是学校毕业出来招工进的厂，他是唯一一个岛外的。以前岛外和岛内分得比较清楚，不像现在岛内岛外都包括在一起。因为他父亲转业是1958年嘛，当时盖了很多工厂，他父亲就在杏林玻璃厂，所以他们家住在杏林。他为什么没有读书？因为当时杏林很多工厂，又是处在城乡接合部，"文革"的时候挺乱的，基本上就不上学，孩子到处打架。父母亲都在工作，家里也没有老人，就顾不上，所以小学毕业以后就把他送回老家，没有再上学。像岛内的孩子最起码也是初中学历。他在山东老家待了几年，1975年有工作，就把他叫回来。到了我们这个工厂，他这个工作又需要一点专业性。

李珊：是什么岗位？

王嫣明：装配钳工。像机械行业首先要看懂图纸，以前也有一些老师傅不识字，但能看懂图纸，要长时间摸索才能熟能生巧掌握这个本领。

不久"文革"结束，大家开始重视学习，厦门办了很多夜校，初中、高中夜校都有，补课风气很浓。他初中、高中都是在八中念的。他进厂的时候，一开始肯定遇到了很多难题，跟别的师兄弟比他觉得差很多。那个时候，他自己也想不能这样，一定要学文化知识，而不单单是补专业知识。专业知识一定要有文化知识作为一个基础来支撑，才能走得远，所以他选择了这么漫长的一条学习道路。他真的就上了两年初中，以前夜校基本上都是两年初中，又两年高中。工人业余大学要考试才能读，不是报名就能进的。当时学校也有补习班，为了备考又上了一年补习班，之后学了四年机械制造，一共是九年。

李珊：边工作边学习？

王嫣明：现在很多老师傅都记得他那个形象，一身油腻腻的工作服，每天一下班有一点时间，比如能准时下班吃完饭就去上学校。有时候手头上的活没有干完拖延一点，一般下了班就去学校上课，上完课再回家吃饭。

李珊：他那时候家在岛外还是搬进岛内？

王嫣明：那个时候我们已经结婚了，我跟他谈恋爱的时候，他就开始读书。

李珊：你们大概什么时候谈的恋爱？

王嫣明：1980年。谈恋爱的时候他在上初中，我也是挺支持他的，因为我们那个时候也知道整个社会进步的需求，特别是我们这一代人受"文革"的影响，很多人都没有书读，到了这个时候大家都在补。要不然社会上也不会办那么多业余学校，都是晚上的。当时只有单休日，单靠一个礼拜天是不够的，所以每天都晚上学习。

李珊：他那么忙，你们哪有空谈恋爱？

王嫣明：没空。

李珊：还好在一个厂。你在什么岗位？

王嫣明：我当时是钳工划线，不在一个车间。我们工程厂挺大，如果不在一个车间不一定能够认识。

李珊：怎么就遇到他呢？

王嫣明：当时我师傅给我提起的，他比较好学，对他比较有印象。我这个车间叫金工车间，加工设备比较多；他在装配车间，加工设备比较少。他自己在琢磨东西的时候就经常跑到我这个车间来，有时候请教师傅，或者来使用一些设备。

我们那个年代跟现在不一样，对这种好学的人比较钦佩，就稍微对他有印象一点。师傅一提，自己也觉得可以处处看，关键都是山东人。他父母亲是山东人,我父亲也是山东人,感觉比较好,就说在一起看看。他上业余学校一两年就跟他在一起,所以对他学习的情况还是比较清楚的。

他家当时在杏林,自己一个人在厦门岛内借住一个小房子,所以才有那么多业余时间。他自己也觉得在业余大学这四年真的让他学习到了很多东西,当时有很多课程,不单单是专业技术课。后来他业余大学的毕业设计制图作品什么的都保存了下来,舍不得扔。他去世以后厂里要搞一个工作室,就把这份毕业设计制图的作品摆在工作室。

他觉得在学校学的东西很有用。当时我们有一个老技术员就跟我说,他们这些技术人员很喜欢跟他一起工作,因为他们也很需要来自生产一线的意见和反馈,让他们设计上有一些改进。老技术员说很多工人都会做,你让他怎么做会给你做得很好,但是跟军衔在一起就不一样。他除了会做得很好以外,还会提问题,会提建议,给他们提供很多的灵感和帮助。军衔也很喜欢和技术人员在一起,跟老师傅一起学习,包括跟大学教授都成为好朋友,经常请教问题,在这个过程中他自己也有提高。按照他的理论水平,当时确实是差人家很多,但是后来能够评上高级工程师,在他那个年代不是那么容易的。

李珊:当时在上四年业余大学的时候,一周大概几次课?

王嫣明:一三五,还有星期天的半天。

李珊:挺密集的,也要投入不少精力。

王嫣明:是,我当时带着孩子住在我母亲家里。

李珊:哪一年生的孩子?

王嫣明:1982年。他1985年考上业大。

李珊:当时孩子还小。

王嫣明:当时已经分配了一套宿舍给我们,就在金榜公园边上,是一室一厅,要说住也能住。但是没有办法,他整天忙着工作和学习,所以我就带着孩子长期住在我母亲家里,我父母亲帮我带孩子。

李珊:您也支持他。

王嫣明:他有这个兴趣,有毅力。军衔经常说人就是要忙起来,他老了还想着学习。有一些工人下了班就喝个酒,发一下牢骚,听这些牢骚有什么意义。军衔这一点就是好,我会支持他,他没有那么多空闲时间,如果跟那些人凑一起,就永远提高不了自己的素质。

李珊:他没有上课的时候,做什么?

王嫣明:加班,我当时跟孩子在我母亲家里,他也不用操心。

李珊:他都吃食堂吗?

王嫣明:我母亲当时住在菜妈街那个地方,他会回来吃饭,吃完就走了,该加班加班,有课就上课,没有课就看书、做作业,他很认真的。他的成绩很好,每一科都很不错,没有偏科。他是小学文化,不用功后来这些论文是怎么写的?评高工,因为他不是全日制学历的学生,例如人家只要发表一篇论文,他要三篇,门槛更高。

李珊:读完业大以后呢?

王嫣明:读完业大以后,工作也做了很多调整,到了质量管理的岗位,后来到行政管理,再后来到售后服务,最后就是培训下一代工人。在这当中,他一直在读书,有一段时间我觉得好像有点神经质,听到哪里有办培训班就眼睛发亮,马上去问办的什么班。

李珊:都上过什么培训班?

王嫣明:要评职称要考试,计算机考试,英语考试,这两个肯定是要的。还有一个我记得更早一点,类似成人高考这一种,那个时候他已经在做售后服务,比较忙,要经常出差。他觉得人一定要有压力,才能够把自己逼出来。他专门选择专业课,读完就去考试,以前成人高考是规定多少科过了就可以拿毕业证书。他不是想要拿这个毕业证书,而是为了检验自学的成果到底达到一个什么程度。他上了专业课就去考试,看分数多少,看哪里不足,就去向老师请教,这也花了不少时间。再就是职称考试,他的英语是完全没有基础,硬是把这些背下来。我那时已经从我母亲家搬出来了,1989年公司分配了福利房给我们,在莲花,那个时候他在车间当副主任。

李珊: 什么车间?

王嫣明: 总装车间,就是装配的。他那个车间工作性质比较特殊,要一大早比如五点多去,因为这个车装配出来以后要去实验,要去跑车。公司内部没有跑车的地方,就要上马路,所以就要很早,五点多他们就要上班。中午吃完一点多就下班。下班以后,他就把自己关在房间里开始读英语。我五点多下班,他还没有出来。我把饭做好,他吃完饭之后又去读。他一本一本地读复习资料,题目都列出来,从第一题背到后面,前面忘了又来,一直循环,自己觉得差不多了,就把题目做成小纸条卷起来装在一个大口杯里面,抽出一题看能不能记下来,最后职称英语考了81分。我们很多人都没有办法考出来,以前初中、高中没有英语课。

李珊: 当时拿到这个分数的时候心情怎么样?

王嫣明: 他真的很高兴,我也很替他高兴,太不容易了。

李珊: 他是不是家里一点都顾不上?小朋友都没有管?

王嫣明: 父子两个很生疏,因为都没有在一起。前面我带儿子住娘家,后来虽然有自己的小家了,但是军衔经常在外面跑,我儿子的工作也是一直要在外面跑,他是搞营销工作的,父子两个就比较少有交流的机会。有一次儿子讲了一句话我觉得很心酸,他父亲生病了三个月,当时公司就让他过来照顾,他说他这一辈子跟父亲待在一起最长的时间就是这一次。(哽咽)

李珊：有的时候就是有一些遗憾。小朋友的学习，盖工会不会管？

王嫣明：儿子的学习不是很好。当时我就想，很奇怪，该学的不学，不该学的一直拼命学。差不多2010年的事情，老盖转售后服务培训。我们那个时候已经有很多产品都销到国外去了，需要做产品宣传和售后服务，去培训当地的工人。一般出国公司就会请一个翻译跟在他身边。请翻译很贵也不方便，人家也不可能每天都跟着你。他突然间就很想学口语，比如平时要诊断一个事故，到工厂去看设备起码要跟人家能够交流。有一次我拿了一份报纸回来，上面有一个培训班在香江花园，我说这个肯定是小孩子学的。这个培训不纯粹是教英语，还教记忆，怎么去记英语单词，他就去报了。第一次上课回来我问他拿的材料是不是都是孩子的，他就笑了一下。他就是这样一个爱学习的人。厂里的年轻人都佩服他，后来还学习电脑3D制作。他这一生最后一个项目就是3D的教学软件，让画能够动起来，特别是讲课的时候把内部的构造显示出来，就能够让大家看得更清楚。当时公司也有给了一笔钱请这种专业公司来制作，盖军衔就跟他们一起配合，结果他跟着那些年轻人就学起来。有一个山东烟台的年轻人很佩服他，跟他是忘年之交。盖军衔生病的时候，他专门从烟台过来，背着一个双肩包跑到医院跟我说："阿姨，你休息一下，今天晚上我来照顾他。"后来军衔去世以后，他还从烟台寄苹果给我，我很感动。

吉林大学有一位成教授也是，盖军衔住院的时候他来看了两趟，有一次在湖南出差还特地跑过来。通过平时的交往，大家都很认可他，都是因为他好学的精神，又很尊重老师。他经常专门跑到长春去请教吉林大学的老师，老师也经常把材料和书送给他。

李珊：为什么会特地去找他？

王嫣明：就是因为做3D教材，在网络平台，比如人家提一些故障你要解答,在网上不能用两句话来讲,要有很多理论依据。他在做的时候,就要请教一些高校的教授,吉林大学机械系以前叫吉林工大,也是老牌的学校,这些教授在工程机械这个行业也是一流的。当时按照他的想法是要在网上做这样一个平台,不管多远的用户都可以进行远程会诊。电话会诊当时也有局限,首先描述要准确,描述不准确就解决不了。如果是在网络上,像现在拍照或者拍视频就很清楚,这个能搞起来真的很好。本来这一套软件就是想搞这样的,他去世后也不知道有没有完成。

盖军衔后面几年基本上一年3/4的时间不在厦门,都在外面培训。他的行李箱都不用收起来,就放家里大门边上,有时候一个电话就告诉我要去飞机场了,他什么时候回来我也不知道,反正钥匙要自己带着。后来公司搬到灌口,也比较远,就天天在外面跑。他也意识到不能老靠自己一个人,要培养接班人。厂里也很重视,当时就说让他办一个班,差不多2010年、2011年的时候。

李珊:当时挑了多少人?

王嫣明:20个,读到毕业的时候,退了3个,一直考试,而且他也很严格。后来这十七八个人都是骨干。

李珊:盖工怎么教他们的?

王嫣明:一块理论课一块实践课,最后还把他们带到市场,外地实践中去练。而且他们原来也有基础,都是生产一线挑出来的。

李珊:您能不能回顾一下盖工在工厂岗位的变迁?他哪一段工作经历您比较清楚,知道他在忙什么,或者在这个岗位的时候有做什么事情?

王嫣明:在20世纪八九十年代,我们公司如果外接比较特殊的任务都交给他,像1992年我们装载机卖到马来西亚去,就是他做的,而且都是他一个人去。那一次去了三个月,春节在那里过,回来的时候瘦得我都认不出来,压力太大。在这里遇到什么问题,电话打一下,或者上门,可以向技术人员请教。在那边全部要靠自己,而且工作环境也不好,住在那个买设备的老板家里,各方面条件都不好。

李珊:这个是售后的吗?

王嫣明:是售后的。后来杭州叉车的人跟他关系也好,因为马来西亚这个老板不光买了厦工的装载机,还买了杭州的叉车,叉车遇到问题人家也叫他。他说反正都是我们国内的产品,他也要承担起来。

李珊:好有责任心。

王嫣明:三个月瘦了十几斤。他能适应环境,能开展工作,这一点特别好。还有一个比较典型的是,20世纪90年代,成都武警部队维护成都到西藏的公路,以前都是人工,没有机械设备,他们就想能不能上装载机。但是装载机在这个公路根本开上不去,有一个运输的问题。当时部队来工厂谈,公司也把这个事情交给盖军衔。他就想了一个主意,把装载机拆成部件,用汽车运上去,在那里再装起来。这个要考虑运输成本,要有一个最佳的方案,怎么拆、拆到什么程度最节省。后来他设计的方案,装了满满的三辆解放牌卡车,共运了两辆装载机的部件,在成都拆,拆好用汽车开上去,他带着两个徒弟去。这个车也不是就一个目的地,这个连队放一辆,那个连队放一辆,在这个地方装完再到另一个地方装。

李珊:当时也上高原,是不是会有高原反应?当时是多大年龄?

王嫣明:40岁了。

李珊:也是很辛苦的。

王嫣明:肯定的。当时他刚第一次去南极回来,工厂就给他派这个任务。为了去南极有买一个小录像机,这次去西藏也带了,看他拍的,蹲在地上吃饭,就跟民工一样。有两个徒弟跟他上去,年轻人状态比他更糟糕,更不适应高原,他还算好。

装好后，武警很高兴，有了装载机就轻松多了。盖军衔还没有回到成都，他们就马上跟厂里又订了十辆。公司为什么第一次都爱派他去，就是因为可以把后面的路都趟出来，他每一次都给人家留下很好的印象，客户都成为回头客，包括南极也是这样。

支援乌拉圭站，1996年一赴南极（王嫣明供图）

李珊：第一次去南极为什么会找到他？

王嫣明：南极那边1992年买了一辆厦工的装载机。南极这个地方可能技术人员比较多，工人比较少，也不大会用、会开，就闲置了。当时就说这个车坏了，找到我们看能不能派一个人去修。

李珊：这个成本很高。

王嫣明：国企就是这样，有这个社会责任，不仅仅是赚钱。后来厂里让军衔带了一台去，等于是送了一辆。

李珊：当时工厂考虑盖工的时候，有没有先跟你们商量一下，还是直接就派？

王嫣明：有跟他说有这么一个任务，他也习惯了，每次厂里第一次的任务都是去找他。

李珊：但是这次是去南极。

王嫣明：我们也不知道害怕，对南极一点概念都没有。

李珊：从通知到他走大概是多久？

王嫣明：通知的时候他在外地出差，可能七八月份的时候，就给我打电话，说总经理给他打电话叫他去南极，船一般是11月开，差不多还有3个月。这当中要做护照等，也没有那么容易，所以一般会提前通知。我们也不知道准备什么，他说不用准备，那些防寒的衣服肯定都会统一发，自己就带一些个人用品，里面穿的衣服就可以，就去了。

李珊：盖工走之前有没有人跟您交流，说这次南极行有什么？

王嫣明：没有，他也很平常。

李珊：有没有多带什么？

王嫣明：他自己喜欢喝茶，就带了一个泡茶的，还有一些茶和烟，就这样就去了。

李珊：当时有说要去多久？

王嫣明：11月去，隔年4月回来，差不多5个月。第一次去好像比较没有什么问题。

李珊：中间多长时间打电话？

王嫣明：第一次去的时候没有电话，第二次去才有。

李珊：那你们怎么联系？

王嫣明：没有联系。

李珊：快半年时间音讯全无？

王嫣明：不担心，习惯了。第一次没有问题，现在条件很好，有微信等等，以前没有。第一次去南极的时候，船从上海出发，《新闻联播》有播，但是也没有看到他。可以发传真，春节的时候公司给他发了一个慰问的传真，他也会回一个。

李珊：回来的情景是什么样的？

王嫣明：第一次回来公司让我到北京去接他。结果是他先到，我后到，反而是他来机场接的我。

李珊：这次回来有什么不一样？

王嫣明：回来瘦了，我们在北京住了几天后，就回山东老家。为什么会有后面这些事（指再赴南极）？就是第一次去了以后检查那一台装载机发现没有坏，只是因为长期不开，也从来不清洗，保养不行，里面有脏东西就堵塞了，没有大问题。当时为什么南极会来请企业的人，就是因为他们要建站，把简易的住房改成固定的，要搭盖新的房子。盖军衔这个时候起了很大的作用，把装载机用起来，大家立刻感觉这个装载机还能搞这个，搞那个，用处大，原来都不懂得怎么用。

他自己还推了一条马路叫"厦工大道"，还去帮乌拉圭站干活。我记得还有一张照片，工人比画说中国这个机器好用。后来中国南极科考站就买了一台装载机送给乌拉圭站。像厦工大道建好后，开始他自己搞了一个牌子树在那里，后来时间长了不行，就弄了一个石头刻上"厦工大道"运过去。这都是他想出来的，这个石头也是我跟他在惠安石雕厂选的，再确定样式，上面写什么字。

那天回来老盖还问："南极距离厦门多少米，你记不记得？"我说我怎么会记得。后来想起来照片上有，当时在南极拍方向标时有距离厦门多少米的数字，刻上去，然后托南极站的那些铁哥们运过去。他还交代人家要拍照回来，先拍旧牌子和新石头的合影，再把老牌子带回来。

李珊：真的要很好的关系才会这样做。

王嫣明：现在旧牌子在盖军衔的劳模工作室，包括1992年那一台装载机也运回来了。

以下内容节选自盖军衔生前所写的日记，由王嫣明女士提供：

1995年11月20日，星期一

我国第12次南极考察队"雪龙"号破冰船今天在上海港

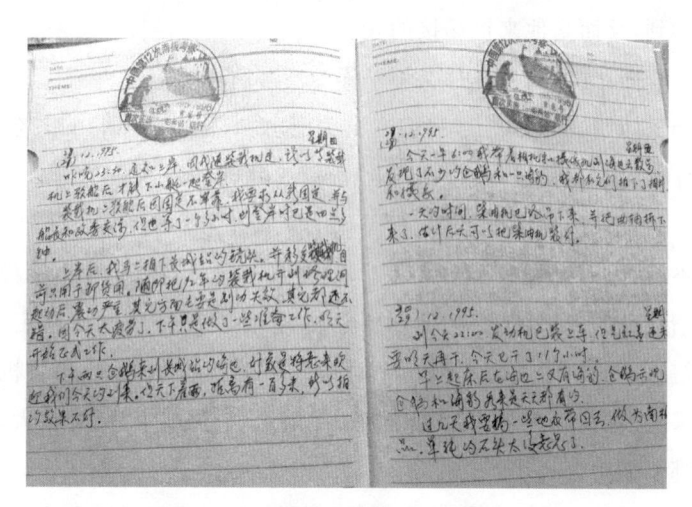

盖军衔一赴南极日记手稿(王嫣明供图)

民生路码头起航。

上午9:30,有关领导都陆续来到码头为南极考察队送行。今年"雪龙"号还承担环球航行的任务,整个航程是上海—新西兰—长城站—中山站—澳大利亚—新加坡—上海,"雪龙"号将环绕南极一周。

在上午的欢送仪式上,领导推送我作为代表接受礼仪小姐的献花,我作为厦工的代表感到很荣幸。南极的考察事业是全国人民的事业,它代表着整个中华民族的事业。在此次考察中,我们肩负着国家的重任,将为全人类开发南极,利用南极做出贡献。

晓丽今天到码头送我,我感到很亲切。我在船舷上把礼仪小姐送给我的鲜花抛给了晓丽,以此寄托我对亲人的思念。虽然一早寄出一封只有两句话的信,但心中总是有一种难以说出的感觉,只能在心中默默地祝福亲人们平安。

"雪龙"号今天开到锚地,东经121°37′、北纬31°22′,大家在此进行休整以及安全训练。10:05 宣布起航,10:25 离开码头,13:00 到达锚地,到此已是吴淞口外的长江入海口。

1995 年 11 月 22 日,星期三

今天 8:00,船长宣布起锚,掉转船头向长江口驶去,12:00 到达了江海交接处,远处一望无际,只有零星船只点缀着大海。到 15:00,海水已转为碧绿色,没有了浑浊的感觉,船舷两边的浪花像落在碧绿的地毯上的雪花,随即又融化而去。对"海阔凭鱼跃,天高任鸟飞"的理解,我想也只有在此时此景才能更加透彻。

在 20:40 的时候,"雪龙"号的方位 157°,已行至东经 124°07′、北纬 29°44′,船速 2.8 千米/小时(14.6 节)。

1995 年 12 月 5 日,星期二

今天是我 40 周岁的生日,"雪龙"号的大厨为我做了寿面和酒菜。因甲板上风大,大家伙都来到我的房间为我庆贺生日。能在地球的南半球及南极考察船上过生日真是不容易,生日晚会在友好的气氛中进行,我为大家演唱了一首闽南话歌曲《爱拼才会赢》。晚会后我们终于拍到了日落的镜头,大家都很高兴,这是自出海以来第一次出现如此完美的日落过程。

刘书燕站长晚上 10 点多开完会也来祝贺我的生日,并一同在房间里饮酒抒情。吴金友处长送来了生日贺卡,我请全站人员在卡上签名纪念。

今天 17:00 船行至东经 168°19′、南纬 31°28′,这也是我过 40 岁生日的地方。

到 18:00 时间又拨快 1 小时。

1995年12月13日,星期三

14:00拖轮靠向"雪龙",将"雪龙"慢慢拖离码头,送上了航道,我们又开始了第二阶段的航行。船一开出港湾,"雪龙"号就开始摇摆起来,风虽不很大,涌却不小,但晚饭时就有不少晕船的,现在尚未进入西风带,估计到了西风带,还会更厉害。

1995年12月28日,星期四

昨晚(天)23:30,通知上岸,因我随装载机走,所以等装载机上驳船后才能下小艇一起登岸。

装载机上驳船后因固定不牢靠,我要求从(重)新固定,并与船长和政委交涉,但也等了一个多小时,到登岸时已是4点多钟。

上岸后,我马上拍下长城站的镜头,并移交装载机,装载机目前只用于卸货。随即我把1992年的装载机开到修理间,启动后,震动严重,其他方面主要是制动失效,其他都还不错。因今天太疲劳了,下午只是做了一些准备工作,明天开始正式工作。

下午两只企鹅来到长城站(附近)的海边,好像是特意来欢迎我们今天的到来。但天下着雨,距离有一百多米,所以拍的效果不好。

1995年12月31日,星期日

今天上午柴油机启动,声音正常。下午装完了外观件,车子行走后发现前右制动卡死,及时拆下修复。但制动液长城站没了,只好等董利明天到智利站去要一点。

修理的工作已完成,晚上大家伙到食堂拿了些酒菜到发电房去加菜喝酒,热闹到11点多。

这几天的工作的确是累,但还是得坚持干,而且现在货尚未卸完,临时突击的事很多,有些人都累得摇摇晃晃,但为了抢时间,还得坚持。

1996年1月1日,星期一

今天"雪龙"号机舱因高压管破口,喷到电缆和排气管,引起大火。虽经封舱灌二氧化碳将火扑灭,但开舱后火又着起来,只好用长城站上运去的灭火器扑灭。船上的3台发电机烧坏2台,吊车也因没电不能卸货。因为电缆已烧坏,一送电可能出现短路,我们在站上也只能望洋兴叹,难以支援。

"雪龙"号是世界南极考察团的4条大船之一,此次火灾损失很大,因为机舱中自动化控制系统经火一烧就坏,不知下一段航程要怎样航行。

1996年1月17日,星期三

上午雨下得比较大,给大伙放假。我利用今天的时间保养车子,给新机器更换的柴机油,打了黄油,调整了发动机皮带。

下午修了旧机器的后制动钳,其中一钳已锈死,现都已经解决。总泵皮碗两个都损坏,现没有备件,只能用495胶粘住后先用,明天要发传真给厂里,让他们速寄几件来。

1996年1月23日,星期二

今天搬了两个集装箱到码头,搬运很困难,路也难走。

由于"厦工大道"的完工,大伙儿提议做一个路牌,放在小山包的边上,我认为很好。但今天忙了一天,找不到材料。我想再做一块"厦工南极服务部"的牌子,挂在综合库的门外,这样可以增加一点气氛。

1996年1月26日,星期五

今天去乌拉圭站发电机组,三小一大的旧发电机组要装船运回乌拉圭。装载机把发电机组吊到水陆两用的坦克上,坦克再运出海靠上大船,装到大船上。因今天风大,坦克不能出海,所以一台大的还不能装,下午我们就返回,晚上来电话说明早再去。

去乌拉圭站的路很难走,坡度有几个超过20度的,且都带有倾斜,一不小心就会滑出路面很危险。冻土一化,路上都湿湿的,真有冒生命危险之感。

1996年1月29日,星期一

今天上午10点多下起了大雪,风也很大,人都无法在野外干活。

午饭后,我检查了旧机器的漏水原因,发现第三缸的缸套水封漏水。正好下午不能工作,于是就和徐霞兴一起把第三缸的水封换了,并更换了机油。

晚上去洗澡,刚洗了一半,热水管堵塞,只好用冷水洗,在南极用冷水洗澡可能也只有我一人享受过。

1996年2月21日,星期三

今天是建站11周年纪念日,晚上到智利站去参加乒乓球和排球比赛。我参加了排球赛,我们在先胜一局的情况下连败两局以二比一败北。乒乓球在南极乔治王岛每年比赛一次,已经10年了,只有十一支队没拿第一。这次友谊赛,我们胜了智利站,为十一支队雪了耻。

在智利站上收到了邮递快件,回来后我看了嫣明的来信,对厂里的人事变动我认为一朝天子一朝臣,任其变动吧。我还是多掌握点技术技能,不必去跟他们争权夺利。

英娜和新分配来的大学生张哲榕给我寄来了贺年卡片和水仙花,在长城站能收到贺卡是很愉快的,应该回信答谢!

1996年2月28日,星期三

今天安装完了3间的吊顶,还算比较顺利。

所有的工程都已进入尾声,只有上下水的工作较为紧张。装载机现在使用的也较少了,走之前再保养一次,让机器能运作正常,也算完成此次的任务。

1996年3月9日,星期六

今天已确定我第一批离站,而且预计20日左右能走,这样就提前了4天。机器的保养要抽空做一下,还要检查一下有什么问题,要提前处理。

下午装完了餐厅和厨房的灯,晚饭后通电检查,一切正常,明天开始做宿舍的电路。

中午我把水仙花放在长城站的碑石上照了相,徐剑英看到也来拍照,便一起拍照留影,尔后我们又一起到西湖吊桥拍了吊桥的景色。

1996年3月18日,星期一

今天乔治王岛的各站在智利站开运动会。今天的项目是排球,上午我们参加了比赛,结果是以零比二输给了智利。

雪地车的连接板断了一块,下午和徐霞兴一起更换,忙了一个下午。

今晚我把"厦工大道"的路牌竖在山坡下,刚好今天下雪,明早可以拍些相片。

晚上开了机械班的总结会,把到站以来的情况做了总结,肯定了机械班的成绩。在施工过程中,哪里有困难,哪里就有机械班,为施工提供了机械力量,为提前完成工程奠定了基础。大家也谈到即将分手,7人走了3人,希望回国后能相互联系,加深友谊。

1996年3月26日,星期二

今天终于飞离了乔治王岛,中午陈立齐主任到达长城站。午饭后,我们举行了短暂的座谈会,他对此次长城站的工作给予了肯定。由于时间关系,有些问题只能到北京后再谈。

14:05,我们乘坐"大力神"飞机起飞,再见了南极,再见了乔治王岛,再见了菲尔德斯半岛。我们完成了第12次度夏考察任务,终于与长城站辞别,也许,可以肯定这次的告别,就是永别。我们能够再到南极,再到长城站的可能,谁能知晓,但愿长城站永存我们的心间。

李珊:第二次去呢?

王嫣明:第一次整个站点上的设备他都承担维修,人家就觉得他可以。第二次拿到登顶冰盖这个项目,要准备好多年,一点点推进。当时中国队用的是德国的雪地车,我们还没有这个设备。德国雪地车使用时间长了就有问题了,需要人去维护,就找到他。老盖也很敢承担这个任务,就去北京。当时是叫他和队长两个先去北欧,第二次去的时间长,他提前走。

李珊:什么时间走的?

王嫣明:提前两个月去,没有坐船,是坐飞机到澳大利亚,再从澳大利亚坐船去。在上飞机前给他一叠资料,打开一看是德文的,他就带去了,其实自己也很头疼。在途中,就开始看这些资料,他

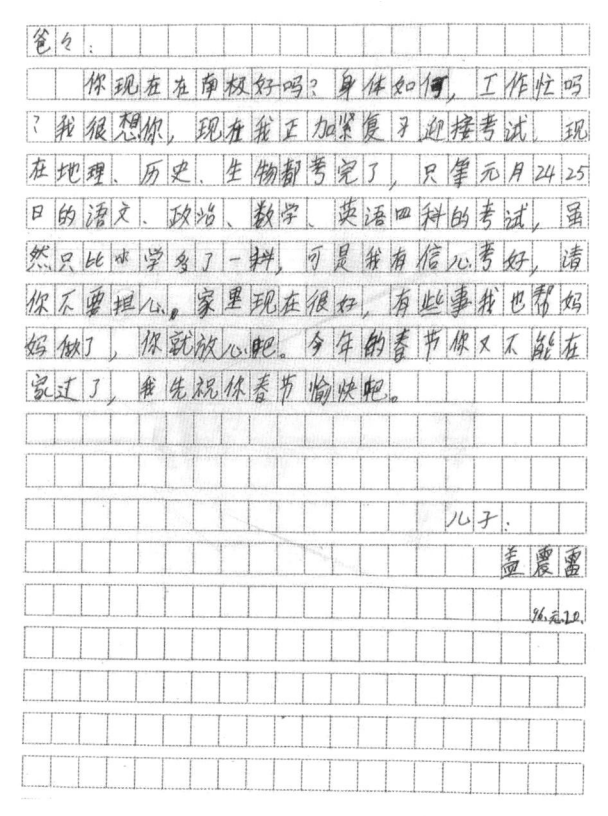

> 爸爸:
>   你现在在南极好吗?身体如何,工作忙吗?我很想你,现在我正加紧复习迎接考试。现在地理、历史、生物都考完了,只等元月24、25日的语文、政治、数学、英语四科的考试,虽然只比以此学多了一样,可是我有信心考好,请你不要担心,家里现在很好,有些事我也帮妈妈做了,你就放心吧。今年的春节你又不能在家过了,我先祝你春节愉快吧。
>
>   儿子:
>   盖震雷
>   96.元.20

儿子盖震雷写给父亲的信(王嫣明供图)

也比较聪明,德文虽然看不懂,但是对原理图很熟悉,他的基础功比较扎实。去了以后,三辆雪地车两个月内全部整修完。

李珊:那次盖工回来是从哪里回来?

王嫣明:是从上海回来。

李珊:这次回来跟第一次回来有没有什么不同?

王嫣明:这次回来脸都冻伤了,皮都黑了,其实很辛苦。去的时候坐一个月的船,回来的时候坐一个月的船,中间差不多两个月在那边干活,很累。

以下内容节选自盖军衔生前所写的日记，由王嫣明女士提供：

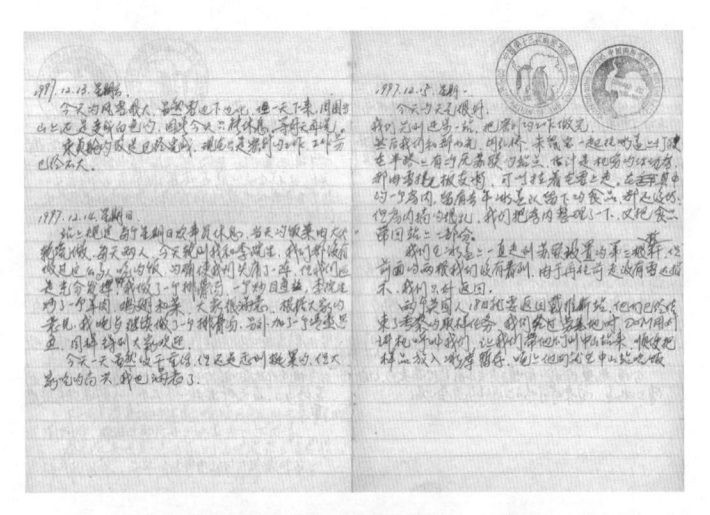

盖军衔二赴南极日记手稿（王嫣明供图）

1997年9月16日，星期二

中午1:00由王新民开车送我和李院生到首都机场，刘书燕、秦为稼随同一起前往送行。

在机场，从成都赶回来的陈立齐主任和吴金友处长与我们进行了热情的交谈，祝我们成功完成任务，我们在机场一起合影留念。

下午4:30飞机起飞了，中国第14次南极考察的序幕正式拉开了，我们肩负着祖国的重任，登上了前往南极的征途。作为南极内陆冰盖考察的机械师，我也深感责任重大，从现在起，只有认真地工作以迎接艰巨的挑战。

飞机在上海停靠后，19:30起飞前往澳大利亚的悉尼市，机上的旅客不多，我占据了中间的四个座位，使得晚上能够躺下休息。

1997年10月27日，星期一

戴维斯站终于到了。

冰面上的冰山一个接着一个，景色很美，队员在离站4公里的地方乘飞机上站。我们还待在船上，船在冰区慢慢破冰前进，从上午10:00就开始慢慢往前拱，到现在已经是夜里11点半了，还没有到目的地，明天早晨看看能否到站。

估计明天我们能到中山站。

1997年11月1日，星期六

今天查阅了雪地车的资料，一些疑问请教了吴卫列，并到仓库看了一下备件的情况，由于没有零件图册，有些零件很难对上号。

下午到发电憧去挖门前的雪堆，以便雪地车进入室内检修。干了才不到两个小时就完成了，真是人多力量大，干得比较顺利。

下午4:30和王新民通了电话，询问防冻液是否有被放掉，他说没有放掉。这样就能启动检查了，并问了几个油桶中的油料是什么油，以便补充车辆。

今天是陈波的生日，站上改善生活，一直热闹到半夜，在南极过生日可真是一大乐趣，还尝了万年冰。

下午与我们同船来的两位英国科考人员也在站上吃饭。他们一男一女要在劳基地考察湖里的沉积物，一直要待到明年二月份。

1997年11月12日，星期三

今天是离家两个月的日子，时间过得还不算慢。

今天重新检查了一番伺服阀的压力，把带吊车的雪地车开出来试了一下车,情况还算正常,只是履带过松,重新上紧后,感觉不错,没有方向跑偏的现象。

明天再调整第三辆,如果顺利,我们将能完成一半的工作。

1997年12月28日,星期日

今天同样开两部雪地车到机场,我开一部帮助搞 GPS 定位,其余的人用铁棒探测雪下的冰裂隙。GBS 定位较好做,已经完成,但跑道上冰裂隙的探测只做了一半,明天还得来。

在冰盖上没有参照物,方向很难判定,没有仪器是不能乱跑的,要不就会出现危险。

1998年2月3日,星期二

今天,我们冰盖考察行动正式开始。

中午在离进步一站约 2 公里的冰盖边上举行了简单的仪式,贾根整副主任为我们送上壮行酒,总共有 20 多人来为我们送行,真是依依不舍。

今天的路程还算顺利,大约走了 35 公里,但气温已经明显下降,已在 -15℃ 以下,周围没有任何参照物,"地吹雪"很大,好像舞台上的烟云。

我的感觉还不错,还没有感到什么不适,也可能是还没有到达困难地区。

1998年2月6日,星期五

昨天早上天气很好,我们准备完毕后,不到 8:00 就出发了,一路上沿着澳大利亚的标杆前进,进程还算顺利。

午饭后,天气急转,风吹着雪粉使能见度缩小到 15 米左右,寻找标杆已经很困难,一路上落掉了四五根杆子,下午

5:00到达大点LGB70时,我们已经无法再前进了,只好宿营。

此时就像梦幻世界,中央电视台的张军拍到镜头被大雪封住无法再拍摄才作罢。风、雪及阴冷的场面,使大家都感到可怕,一个晚上大家都没有睡安稳。

一夜下来,电线已被全部埋住,有一米厚的雪,雪地车的履带也被雪埋住,还好车头顶风,不至于把车埋住。风仍然很大,雪也没有减弱的迹象,我们只好在生活舱里谈心,直到中午12:30发现风有所减小,能见度也有所好转,便赶快出发。如果再停下去,很难说会发生什么情况。

下午3:00,我们终于走出了风暴区,天气开始晴朗。下午5:00,我们到了另一个大点LG69,我们决定在此过夜。此处的海拔已经到达1870米。今天由于雪丘较多,我们只走了29公里,以后的路程就更加艰难了。

1998年2月8日,星期日

按计划,我们到达了二楼LGB66点宿营,这里海拔2300米,东经$77°43'42''$、南纬$71°37'14''$。

下午天气不好,能见度低,地吹雪有半米多高,到下午天气才开始好转,但风力还在10米/秒以上,气温$-24℃$。

1号车今天水温高至$95℃$,这种现象很不好,明天再观察看看,应该把挡风帘打开。

2号车左液压马达渗油,这也是很难解决的问题,只能观察是否有恶化的趋势。

3号车开始漏防冻液,但不是很厉害,今天已经处理,待明天再观察。

1998年2月11日,星期三

今天一早就醒了,无法入睡,也许是因为今天是元宵节,应了"每逢佳节倍思亲"的话了。今年的春节的确过得匆忙,连打个电话的时间都没有。

今天设杆25根,点距50公里,我们就在DT063点(也是CD003大点)宿营。目前海拔已过2500米,相当于国内的3300~3400米,动作激烈一点就会有呼吸急促的感觉。今天的方位是南纬72°58′51″、东经77°17′28″,明天可过南纬73°。

车辆目前的情况主要还是漏防冻液,我每天特别检查,并时刻关注水温,另外有两台车(2、3号)早上启动较困难,虽然每天加温,但启动时还是在-19℃~-16℃。明天还得启用加热器,这样会好启动一些。

1998年2月14日、15日,星期六、星期日

14日上午科考项目全部完成,13:00我们在折返点留影后开始返航。为了尽快脱离高海拔区,我们做好了连夜开车的准备,争取通过DT001点。

15日13:00我们经过了DT001点。我们开了22个小时的车,途中加了3次油,并排除了一次发动机故障,真是累极了。到达LT884点后,我们吃了饭就睡觉,争取明天再多走一段路。

1998年2月26日,星期四

南纬68°34′、东经77°52′。

上午吃完早饭不久,飞机就来了,由于天气原因,我们马上登上了飞机,也没有很好地与大伙告别。杨旭林还是流下了泪水,我的心情也很不好。此次南极之行,对离别之情确有感触,此时此刻我理解了他们的心情。

飞机9:00起飞,9:50我们到达戴维斯站。我们在戴维斯站参观了一圈,并吃了午饭,还到站上寄了一封信。

15:00,由于飞机不能起飞,船上放下了小艇来接我们。我们登上了小艇,回到了"雪龙"号上,16:00"雪龙"号起航回国。

李珊:后来呢?

王嫣明:后来第三次又叫他去,那次我拖后腿没有让他去。

李珊:当时为什么没有让他去?

王嫣明:9月刚回来,而且儿子那个时候上初三,要参加中考,我就没有让他去。但是人家一直来找他,找到市政府,我跟他说你就说家属不同意。后来每一年南极办开后勤保障工作会都会请他去。

李珊:最后一次上南极的时候盖工多少岁了?

王嫣明:50岁了。

李珊:那您这次怎么同意的?

王嫣明:他这个人比较"有心机",经常让我跟他一起去参加南极站的活动,南极办的主任每次看到都说"都是你(不让盖工去的)",后来熟了就经常开这样的玩笑。2004年五一节,科考队队长李院生跟他老婆专程到厦门来。他说是旅游,其实专门来讲这个事情,就跟老盖讲,然后让他老婆来跟我讲。

李珊:做您的工作。

王嫣明:他们请盖军衔参加第21次南极科考,这次科考要向南极冰盖最高点冲刺,已经准备了很长时间。老盖说这次不去真的是说不过去。这一次我一开始就没有反对。

李珊:老盖也是希望您高高兴兴让他去。

王嫣明:是的,我这次很支持,就让他去。

李珊:您也看得出这几年没有去,但是也有南极情结。

王嫣明：人家南极办也确实很难，对他真的很尊重。每年开会都要来请他，后来还同意厦工的产品打上南极唯一使用的说明，这种情谊也很让人感动。老盖生病和去世的时候，他们整队都来了，我们全家都很感动。他们还在南极中山站立了墓碑，端午节还去扫墓了，上面有老盖的名字，你说让人感动不感动？

李珊：那第三次是不是最让您担心？

王嫣明：是的。媒体也有宣传，主要是很辛苦，时间要求特别紧，不然南极温度一变化就上不去了，他们要赶在降温前后撤。结果因为冰层太厚，破冰船已经前进不了，那些物资就要从船上卸下来运进去。老盖他们肯定是主力，天天连着干，及时把那些物资全部运到站点上，队长都累得尿血了，每天看新闻报这个我都很担心。还有一台雪地车真的是已经很老了，用了好长时间了，老出故障，这个时候他们维修工就比较累，要么运输，要么维修、保养，休息比较少，所以一路上已经是有点过度疲劳了。后来还差一天的路程到冰盖，头天晚上中央台记者在传输资料，突然间没电，就来喊老盖。老盖刚刚睡下，听见喊赶快就跑了过去，爬到车顶上去看，检查一番没有问题，再爬到上面去，发现是大雪把透气的孔盖住，里面就过热跳闸了。因为户外太冷了，老盖跑得急又没有戴手套，所以修完后他就不行了，出现了高原反应。第二天起来，迷迷糊糊的，医生给他量血压，血压低了，大家就很担心，联系国内后决定要把他送回来。老盖后来还一直说其实那个时候不下来应该就没事了。当时只有美国在极点的站有飞机，就来把他接到他们的极地站，治疗观察了一段时间，可以了，就把他送到美国比较大的一个站点送出南极，再从那个站点送到新西兰。他啥都没有，穿着一身的羽绒服就到了新西兰。那里正好是夏天，没钱没护照的，就跟使馆联系，使馆安排了一位莆田人接待他，先借钱买了一身衣服，办了临时护照后才回来。

李珊：他这次是很遗憾，就差一天。

王嫣明：是的。他从新西兰飞到韩国，再到北京。这次是我接的他。这次还到中央电视台《新闻会客厅》做了一档节目，白岩松主持的，还现场连线南极那边，跟他们通话，大家都很开心。

征服冰盖(王嫣明供图)

以下内容节选自盖军衔生前所写的日记，由王嫣明女士提供：

2004年10月29日，星期五

"雪龙"号停靠香港，考察队在船上举办了"中国南极考察成就展"，向香港市民展示20年来中国南极和北极考察的成就。

另外还举办了一个庆祝晚会，来了很多大明星。可我都不认识，队里的年轻人高兴坏了。

很多人拉我合影，虽然都不认识，但感觉很亲，都是同胞啊。特首董建华来看望了考察队员，向我们询问内陆冰盖考察的计划和可能碰到的困难，并预祝冰盖考察成功。

我们必须成功！合影不能白合，任务光荣，责任重大。

从船上远远看了看香港，好看。但没有时间去逛了，干活。

2004年11月24日，星期三

一大早，海上下雪了，雪花落到甲板上时已经冻成了冰晶，打得甲板"吧吧"响。

起雾了。

太阳凌晨3点多就出来了，昨天是夜里9:15才落的。

海上的冰山也多了起来。队长说，今年考察队出发早，看到冰山的时间比以往提早了10天。

浮冰也多了，在冰上看到了海豹。

上午8点多开始，冰盖队从集装箱里找出冰盖考察专用的御寒服装、鞋帽分发给队员，以备冰上卸货期间使用。这批服装、鞋帽都是特制的，耐−50℃的低温，有国产的，也有从国外采购、定做的。

我和几个队友下到"雪龙"号的大舱检查雪地车、雪橇、配件以及日用品，现在多检修一下，考察中出问题的概率就会减少一点。

晚上开会，布置卸货期间的工作安排。冰上卸货卸的全部是冰盖队的设备和物资，机械师主要负责雪地车和雪橇的运输，装运直升机不能吊运的货物。8个雪橇分两次拖运，不再增加雪地车的卸货任务。

2004年11月28日，星期日

今年"雪龙"号到达南极的时间是历年最早的，遭遇的冰情比较严重。船在距离中山站40海里的位置上就遇到了浮冰密集区，艰难航行了10海里后，又遇到了大面积的堆积冰带，"雪龙"号过了整整48小时才突破了这道难关。

按照计划，全部卸货工作4天内完成。

2004年11月29日,星期一

今天经过将近8个小时的行进。中山站时间上午8:00,车队靠近中山站了。当我远远看到五星红旗在中山站上空飘扬时鼻子突然一酸,眼睛一热:走了这么远的路,遭了这么多罪,现在,终于到家了!

上午天气还可以,下午突然变天了,冰面上能见度非常低,直升机下午停飞了,雪地车的任务一下子重了起来。

2004年10月30日,星期二

今天顶着风暴按计划向中山站运送第二批物资。

为了完成任务,今天几乎都在开车,太累了,不过倒有一件让我非常激动的事情:我用厦工的装载机完成了一个卸运任务!在中山站吃过午饭后,我驾驶厦工装载机从雪橇上卸下了风力发电机的钢结构支架。今年中山站要安装风力发动机作为火力发电机的补充。在南极,再次驾驶厦工自己的装载机,我感到既亲切又骄傲。

2004年12月3日,星期五

今天发生了惊险的事情。我和孙波在从"俄罗斯机场"回来的路上没走多久,突然感到雪地车"竖"了起来!孙波大喊一声:"快跳!"就从右侧车门蹿了出去,他两腿插在雪里,动弹不了。开车的我当时倒不是很慌张,凭手感,我感到车下的道路并不是很软,虽然车在往后退,应该是还在冻雪上,而不是往山沟里翻。我点了一下刹车,接着马上松开,想看看车的状况。还好,车很快就停止了后退,头朝上"站"在雪地里。

中午12:00到将近下午3点,我们才把车下的冰和积雪掏掉了,一步步把车退回到山下的冰面上。等把车挖出来,我们才发现汗水已经湿透了所有衣裳,头发上都在冒白汽。

山路是不能走了,我们只好原路返回,到中山站时,已经是下午5点多了。

2004年12月5日,星期五

今天是我的生日,一大早我就收到中山站叶站长送来的贺卡,并被告知大家要在晚上为我举办生日派对庆生。生日派对上,叶站长变魔术一样拿出了一张稿纸,竟然是嫣明从厦门发来的生日贺电:"军衔,生日快乐!今天是你的生日,家人和亲朋好友都祝你生日快乐、事事顺心。家里一切都好,房子装修正在正常进行,现在正在上油漆。你放心,在亲朋好友的帮助下,我能搞定,你自己保重,我们天天都在通过中央电视台和《厦门日报》关注你们的消息,许多人都在关心你们的这次冰盖考察。公司这两个多月的情况很好,装载机的销量在提高。代我向冰盖队的全体兄弟问好!祝你们一切顺利!"

嫣明的贺电让我感到一阵惊喜,我顿时热泪盈眶。叶站长念着念着自己先哽咽起来,在场的很多考察队员也眼含热泪。

我发表了答谢辞,并给大家唱了一首歌,还是那首大家耳熟能详的闽南歌——《爱拼才会赢》。中央电视台的记者专门为我拍了一个专题,将在12月12日播出。

2004年12月8日,星期三

在南极,计划永远赶不上变化的脚步,我们刚刚准备启程,意外再次发生——一辆雪地车的牵引支架突然断裂,只好再次调整休整的时间,把出发的时间再次推迟!

队长李院生和大家商量了一下,然后决定:队伍原地再休整一天,队伍配合机械师维修支架,队医童医生利用这个机会给大家做一次体检。

队友们在雪地车里体检的时候,我和另外两名机械师在焊接支架。雪橇的牵引挂钩本来连接在雪地车尾部的一个牵引沟槽里,过大的拉力把牵引沟槽拉坏了。在以前的冰盖考察中,类似的故障也发生过。

体检的结果显示我一升一降:血压升了,体重降了。从10月25日到12月7日,我的体重降了近3公斤,血压升了一点点。童医生建议我吃点降压药,否则随着冰盖海拔高度不断升高,空气将越来越稀薄,人肯定会感到胸闷、气喘、难受。再看看吧,能顶住就不吃药了。

2004年12月31日,星期五

今天是一年的最后一天,是个值得纪念的日子里。李院生决定:按照以往冰盖考察的惯例,在新年到来之前举行一个升国旗仪式,迎接新的一年的到来。升旗仪式结束以后,大家又总结了从2004年12月12日正式出发以来的"十大新闻"。到目前为止,我们已经行进到距离中山站将近1000公里的位置上,相信会在四到五天的时间内完成行进300多公里的艰巨任务,在2005年1月5日左右到达冰穹A。

2005年1月4日,星期二

天气晴好,风力1～2级,气温迅速降到-31.4℃。这是典型的"冰穹A天气"——力小、温度低。

早上10:05出发,中午没有休息,没有停车用餐,一边行进,一边吃饭,一直行进到21:43,找到了1999年中国第15次南极冰盖考察队的标志杆。

李院生看到他立的杆子,哭了,激动。我心里也很酸。

我们成功进入冰穹A区域了,马上把这个消息报告给了国内,一定震动世界了。

看到竹杆后宿营,一天当中竟然行进了80公里,其中直线行进距离71公里,真正进入了冰穹A区域的边缘。

大家都很高兴,孙波博士测量了标志竹杆下的冰雪积累率,发现标志竹杆冰上部分的高度几乎没有什么变化,6年来的积雪很少,说明冰穹A冰雪积累率很低。第15次南极冰盖考察队的李院生、孙波、徐霞兴、张永亮等人与标志竹杆合了影。

宿营后,李院生决定明天原地休整一天,恢复体力。

太累了。

2005年1月12日,星期三

凌晨3:30,乘坐美国"大力神"飞机从麦克默多站飞抵新西兰的克赖斯特彻奇。

中国驻新西兰使馆和新华社驻新西兰机构都派代表来医院看我,他们的消息真灵通。

当地时间4:40,开始在克赖斯特彻奇最大的一家医院接受体检和治疗。13:42用铱星手机给王海青打电话,告诉他结果,大家都在担心,除了心电图结果还没出来,所有检查结果都显示我的身体一切正常。

给海青打完电话后,又给李院生打了电话,报平安。

李珊:盖工一直忙着工作学习,他个人有什么业余爱好?

王嫣明:他这个人还是比较有趣的,不是那种很死板的人。他喜欢拍照,每到一个地方都会买一点小纪念品。(带采访人看了展示柜里盖工购买的各种纪念品)。他去南极时还会带水仙花去,开花的时候赶紧放在外面摆一下拍了照片,结果花和叶子没事,花茎

冰盖考察队出发(王嫣明供图)

**时任厦门市副市长叶重耕(后排右八)欢迎盖军衔(后排中立)
南极归来**(王嫣明供图)

马上就冻坏了。

李珊：那你们小家庭平时有出去玩吗？

王嫣明：没有，没时间。他整天都在开会或者出差。只有一年总工会请劳模坐邮轮,那是2011年底,我退休了,他说我自己买票,就可以一起去。那一次带着他父亲和他弟弟的女儿一起,四个人去,也不是单单我们两个人去,从来没有过。

2010年盖军衔荣获"全国劳动模范"称号(王嫣明供图)

李珊:盖工有没有送您什么礼物?

王嫣明:如果到外地他偶尔会,都是小东西。我记得去马来西亚给我买了一个坠子,到美国买了一条小项链,到台湾买了珊瑚坠子。

李珊:他有没有做过什么让您特别感动的事情?

王嫣明:我有时候想想还真没有。他回来就是抱着电脑靠在这个沙发凳,不然就是到书房,有时候我出门回来他还是这个姿势在那边。

李珊:那你们一天都说不了几句话。

王嫣明:是的。

李珊:盖工生活上有什么习惯,是不是不太讲究?

王嫣明:他对吃很随便,反正就是三顿饭吃饱了,零食一口都不吃,后来得病也是耽误了。

李珊:哪一年?

王嫣明:2012年,有一天回来跟我说今天检查血糖比较高,我说赶快去医院看。医生问他家人是否有得糖尿病的,他说他妈妈也是糖尿病。医生说可能是遗传的,后来诊断为糖尿病,开始吃降糖药,要少食多餐,但是他根本没有办法多餐,而且他又不吃零食。其实他不是糖尿病,而是胰腺出问题。那段时间我又不在家,退休以后到我们公司在山东泰安办的厂子参与组建。那几个月他就自己一个人,有一顿没一顿的,他又扛着不说。直到12月27日是我们参加工作的纪念日,每年老工友们都聚会。那天晚上我给他打电话,问他有没有去聚会,他说有,但是9点钟就回来了。我说怎么这么早回来,他说不舒服,肝会痛。我让他赶快去医院检查一下,不能再拖了。第二天,就是28日去了第一医院做彩超,医生问有没有家属跟着来,他说没有。医生说要做一个加强CT,要叫家属来签字,他自己就感觉不大对。那个时候我们都不在,儿子在北京,我在山东,后来就叫他妹妹陪同在29日做了加强CT,结果要31日才能拿。他们就给我打了电话,我30日赶回来,31日早上我就陪他到中山医院做了一个胃镜,胃倒是没有问题。下午他妹妹就帮他到第一医院去拿报告,确诊是胰腺癌,而且转移到肝了,一大片都是。我那个时候一听就想赶快出来,不愿意当着他的面给儿子打电话。他在里面问医生要不要手术,医生就说已经扩散了,怎么手术?

李珊:说得这么直白?

王嫣明:因为医生知道老盖就是这个性格,就直接说了。当晚回来以后,他担心给公司做的3D教学软件还没完成,怕耽误了,给对方打了个电话,没有通,还专门发了一条短信:不好意思,我可能没有办法完成下去。第二个电话才给我们办公室主任打,1日早上集团的领导就过来了,大家都很关心他。那天中午领导走了以后,吃完饭他编了一条告别的短信,就是后来报纸上有登出来的:"各位朋友大家好,当你收到这条短信的时候,我已经离开人世间到另一个世界。感谢各位多年来的关心和厚爱,我在西去的路上遥祝各位朋友健康长寿。这是我送给各位朋友的最后一个祝福。永别了!"但是他外表一点没让我看出有焦虑、害怕的表情,非常平静。

李珊:当时发现这个病,晚上回来有没有跟他交流这个事?

王嫣明:都回避,他不说,我也不敢说。那天晚上他弟弟来了,他就跟他弟弟说不要跟老人家讲。我们本来准备去北京,后来找到174医院引进的一位博士,建议我们留在厦门治疗,他可以请北京的专家来。老盖就说不去了,自己打电话把机票退了。在厦门用保守疗法,也不能手术,而且病程发展很快,两个化疗疗程都没有做完。

李珊:盖工住院的那段日子他也一直没有停。

王嫣明:就是一直想要把那一套教学软件做完。他投入工作的时候起码可以忘掉一些疼痛。住院时,他喜欢玩数独,医生、护士在报纸上看到数独游戏都会留给他。自始至终他都没有给我交代些什么后事,唯独编了那一条给大家的告别短信。

李珊:老盖原来有没有规划过说退休以后干什么?

王嫣明:有,他也盼望退休。当时可能也跟你们学校(指厦门城市职业学院)有聊过,包括华侨大学也请他去讲过课,他其实很想到学校去传授和教学。

李珊:盖工最后的那段时间是什么情况?

王嫣明:他的病情其实真正恶化不到十天就离开了,我现在感觉那速度好像下楼梯用跳的。本来厂里做的盖军衔工作室好了后就要带他去看,他也很高兴。我们也定了那天下午要去看,我也跟厂里讲好了。

李珊：哪天？

王嫣明：大概去世前的八九天，结果那天中午临时加了一瓶输液，时间又比较长，我说那来不及，就改天吧，就是这一点特别遗憾。然后第二天，他开始变得烦躁，整个人都不舒服了，肚子也胀起来，积液很严重，都没办法平躺。再过两天就陷入了昏迷，最后那天是叫他妹妹去把他爸爸妈妈接来见了最后一面。他走得比较快也好，少受罪吧。

盖军衔工作室（王嫣明供图）

李珊：这么回想，盖工几乎把他所有的经历都给了学习和工作，那他对这个家庭付出多吗？

王嫣明：他什么都不管，都是我在打理。有一次他自己在家做饭,盐没了,还打个电话问我盐在哪里。他对老人家很孝顺,有什么事他马上就赶去。他妈妈年纪也大了,腿不行,我们厂又搬去灌口,经常岛内岛外来回跑。

李珊:盖工走后这几年,您和家人都好吗?

王嫣明:组织上都很关心我们,每年工会的领导都专门来家里看望我们,帮我们解决实际困难。老盖走的时候孙子还没出生,现在孙子已经读幼儿园了。虽然小家伙从来没有见过爷爷,但是我们会给他看相片,他也很聪明,一下子就记住了,就会问:"奶奶,爷爷去哪里了?为什么我总见不到他?"我告诉他:"爷爷去南极了,要去很久很久。"小孙子又问:"可是南极那么冷,爷爷怎么办?"我说:"爷爷不冷,因为他心里装着我们。"

盖军衔家人在厦门城市职业学院盖军衔群雕前合影留念(王嫣明供图)

阳春白雪，和者日众
——厦门爱乐乐团首任艺术总监郑小瑛口述实录

口述人： 郑小瑛
采访整理人： 李珊
时间： 2018年8月8日下午
地点： 郑小瑛老师家
口述人简介：

口述人郑小瑛(郑小瑛供图)

郑小瑛教授，女，1929年9月出生，我国第一位歌剧、交响乐女指挥家，中国交响乐的奠基者之一，中国最有经验并卓有成就的指挥教授之一，曾任中央歌剧院首席指挥、中央音乐学院指挥系主任、我国第一个志愿者乐团"爱乐女"室内乐团的音乐指导和厦门爱乐乐团艺术总监。近年来，被世界合唱理事会邀请出任世界合唱比赛荣誉艺术主席团永久成员，被中央歌剧院授予"终身荣誉指挥"称号，被福建省歌舞剧院聘为终身荣誉顾问，也被聘为厦门市文联名誉主席。

她曾获法国文学艺术荣誉勋章和两枚俄中友谊荣誉勋章，"中国歌剧终身成就最高荣誉奖""中央音乐学院杰出贡献奖"，以及多次"全国三八红旗手""全国老有所为贡献奖"。

1998—2013年，她应邀参与创办了民办公助的厦门爱乐乐团，任艺术总监、首席指挥。在她卓有成效的管理和带领下，厦门爱乐乐团成长迅速，被誉为走近国家水平的健康敬业的乐团，成为厦门对外文化交流的"形象大使"和"城市名片"。多年来，她不顾高龄，亲自率团携带包含福建题材的中国交响乐作品，先后在中国香港、澳门、台湾地区以及日本、法国、德国、奥地利、意大利、加拿大、美国、俄罗斯、新加坡、马来西亚、澳大利亚等国家进行了成功的巡回演出。

她是一位热情的音乐社会活动家。她不仅具有精湛娴熟的指挥艺术，而且创造了独具魅力的指挥风格，采用各种形式向群众介绍音乐知识。她经常率团深入校园等基层单位演出，为提高厦门市民的欣赏水平、普及交响乐这一高雅艺术，做了大量卓有成效的工作。厦门爱乐乐团因此被列入厦门市改革开放30年文化建设十大品牌之一，获民政部授予的"全国先进社会组织"称号。她也荣获了福建省敬业奉献道德模范、"厦门市敬业奉献模范"、"2003感动厦门"、"厦门经济特区建设30年杰出建设者"、厦门市"对外交流友谊使者"、"厦门时代女性"、厦门文艺"特别荣誉奖"等20多项荣誉称号。

李珊：郑老师好,能简单介绍一下您的个人经历吗?

1948年5月21日,高举横幅走在金陵女大参加南京民主学生运动队伍中的郑小瑛(中间左一)(郑小瑛供图)

郑小瑛：我的履历很简单,从文工团保送到中央音乐学院作曲系,后来被苏联专家挑去学合唱指挥,然后又被公派到莫斯科学乐队指挥,回来还是在中央音乐学院任教,所以我有一个教授的身份。"文革"里,从中央音乐学院调到京剧团大概6年,1978年调到中央歌剧院。事实上我在中央歌剧院担任首席指挥的同时,也在中央音乐学院担任教授。因为中央音乐学院的指挥(合唱)系是1956年我协助黄飞立教授建立的,"文革"中停课,恢复以后改为交响乐队指挥专业。后来黄教授要退休了,就让我回去接任系主任,我的关系便又回到了中央音乐学院。去了几年,经常要坐在那开会,给其他系并不了解的老师们评职称,我讨厌这种务虚的事情,就不干主任了,又回到了中央歌剧院,但继续兼课。所以我1981年是从中央歌剧院离休的,我的档案现在在文化部离退休中心。

周恩来总理于 1961 年出席苏共二十二大期间亲切接见中国留学生(郑小瑛供图)

李珊:您的个人经历非常鲜明地展示了改革开放 40 周年来我们国家高雅艺术的发展。我们不妨以 10 年为一个阶段回顾一下您的艺术之路?

郑小瑛:可以这样说吧。1978—1988 年,基本上是"文革"以后的复苏,我和歌剧院的老同志们一起让中国歌剧从废墟上重新振作起来。到 1988 年我们带着中文版的西方经典歌剧《蝴蝶夫人》《卡门》到中国香港、芬兰去演出,这算一个阶段。那以后差不多十年,首都的文艺舞台因为受外面流行音乐文化自由市场的冲击,基本上瘫痪了。这个情况下我们建立了我国第一个志愿者的"爱乐女"室内乐团,为学生们做了一点事情,这差不多是第二个十年。然后就是我来到厦门,大概是这样的。

李珊:那您记得 1978 年刚开始改革开放,北京那时候的音乐市场什么是一种什么样的状况呢?

郑小瑛：那个对你来说已是一个遥远的年代了。我是搞指挥的，交响乐歌剧这领域在"文革"里是被全面否掉的，中央音乐学院的教学被批判为封资修的大染缸，所以全面停课了，一些直属团体也都在搞运动。江青认为京剧样板戏的模式应该是中国的歌剧，所以把原来演《茶花女》《蝴蝶夫人》的中央歌剧院打入冷宫，部分有用的人抽到芭蕾舞团搞《红色娘子军》，成为样板团，就不要歌剧这个品种了。交响乐后来又让李德伦搞了《沙家浜》，算是交响乐品种的一个旗帜，其实是京剧的大合唱。李德伦说那不是交响乐，是清唱剧。江青他们根本不懂，以为有乐队参加，就叫它"交响乐《沙家浜》"。内行一直在嘲笑这个事情，但她是"金口玉言"，那就只好作为交响乐的一个品牌，中央乐团也因为有了这部作品而得以存在。那个时候殷承宗之所以能够存在，也是因为他搞了钢琴伴唱《红灯记》，又搞了《黄河》钢琴协奏曲。当时本来是8个样板京剧，殷承宗的钢琴伴唱一被批准，有第九个了。中央音乐学院师生们高兴得敲锣打鼓去天安门游行，回来全部封存的钢琴上都响起了钢琴伴唱《红灯记》，中国的钢琴可获救了。那是一个很畸形的年代。你们现在觉得很怪，我们那个时候可觉得那是时代的进步，必须得这样。我那时候在中央音乐学院，属于年轻一代的教授，我上面的前辈们多经受了挨批、挨斗，而新中国建立前我参加革命时才19岁，没有参加过三青团，没有参加过国民党，所以后来在批判"文艺黑线"时，虽然他们把我列为中央音乐学院的几朵"黑花"之一，但是因为我没有历史问题，而逃过了进劳改队的一劫。

后来我们随中央音乐学院下放到三十八军接受"再教育"，搞"斗私批修"。1972年，当时的领导竟把我调到京剧团去了。中国京剧团是当时人们都很羡慕的一个样板团，能够到样板团等于你的政治身份解放了。其他人都还要继续接受工农兵再教育，样板团却可以在上面为革命服务。可是去京剧团对我来说是一个很大的打击,因为我觉得那就要永远离开我的交响乐指挥岗位了,我是大型交响乐的指挥,是在外国的歌剧指挥台上亮相的第一个中国人啊,现在却让我缩在侧幕条后,在铁网后面去指挥京剧!

李珊:京剧也要指挥吗?

郑小瑛:京剧乐队原来就是京胡、京二胡、月琴,三大件,再加上打击乐,这是它的伴奏形式。现在要它表现现代内容了,要出现解放军的形象了,于是作曲家于会泳在江青的指示下,让西洋的单管乐队和三大件、打击乐结合,形成新的一个现代京剧的乐队。出现了20多人的管弦乐队,就需要一个"洋"指挥了,于是我被调来了京剧团。我记得离开部队的时候,大家是哭着给我送行的,可能觉得我这个人才就这样被埋没了。在我的鉴定会上,大家也是呜咽着发言;我指挥最后一场演出时,面对的也是合唱队的泪脸。那个场景我永远忘不掉,就好像是给我送葬似的。

但是我到京剧团一进入工作以后,发现有很多东西我不懂,这才知道京剧还是很有讲究的一门艺术,在艺术上是很严谨的。一句唱腔,什么地方快一点什么地方慢一点都有艺术上的讲究。但是又出现了一个怎么与原有的京剧"指挥"鼓师合作的问题,这两个中西乐队怎么弄到一起呢?这是我的一个新课题。我很快就发现在音乐处理上东西方有很多是相通的,我就用我的知识来诠释京剧音乐的一些规律,还把我的思路提供给了京剧团的演奏家们,帮助他们从感性提升到理性来改变原来即兴式的演奏。所以后来我很感谢有那么几年在京剧团,让我了解到我们民族音乐的一些特点吧,不能说精髓,我也没有懂那么多,但是它的表演特点我知道了一二。

李珊:那您在京剧团是哪一年到哪一年期间,记得吗?

郑小瑛:我有记录,我看一下。我现在很感谢我那个时候记的东西,要不然我真的不知道我干过什么。是1972—1978年。

李珊：那就是一直干到改革开放。

郑小瑛：搞到"四人帮"垮台。

李珊：然后你们又回来了。

郑小瑛："四人帮"一倒，歌剧院就恢复了，1978年我就从京剧团调到了歌剧院。

李珊：哦，您没有回中央音乐学院吗？

郑小瑛：那个时候"四人帮"倒了，所有过去被摈弃的人和品种都扬眉吐气，大家都到天安门扭秧歌欢呼。我们这些搞"洋乐"的人当然纷纷离开样板团，只要原来的单位还要你，基本上都走了，剩下的都是年龄较大的人，就在那儿退休养老了。我应该是回学校的，可是中央歌剧院的同志们还惦记着我。我记得是两个乐队的同志跑到我家里来邀我到歌剧院去，因为他们的老指挥在"文革"里被整死了，需要一个指挥。1963年我从苏联回来时才30多岁，由于我在莫斯科指挥了意大利歌剧《托斯卡》的公演，领导就安排我担任歌剧院一部重头戏《阿依古丽》的指挥，我就实践了从苏联学到的科学的、有效率的排练流程。他们喜欢我，所以"文革"后才让两个演奏员来找我。我当然很愿意，所以后来就没有回中央音乐学院，而是从京剧团直接到了中央歌剧院。

李珊：改革开放之后，你们复排的第一出歌剧是什么？

郑小瑛：是《茶花女》，开启了我艺术生涯的第二春。那时我跟歌剧院的老同志们一起从废墟上重建了中央歌剧院，是这么样的一个阶段。为什么是"废墟"呢？江青不要歌剧，全否了，歌剧在"文革"里差不多中断了十年，所以人才流失了，剩下的老的老，小的小。招来的年轻人多没有受过正规的音乐教育，所以在乐队里，我要从头教他们怎么看指挥，怎么数拍子，那个过程非常辛苦。老演员也帮助年轻一代的演员，年轻人嗓子条件很好，但是不识五线谱，依赖听录音带，或口传心授。所以十年以后我们能够把中央歌剧院带到香港国际音乐节,带到芬兰国际歌剧节去表演,是我们中央歌剧院全体老同志们奋斗了十年的结果,大家培养了一批新的队伍,又可以站到国际舞台上去了。那两次出访非常成功。世界惊叹中国人怎么在文化浩劫以后的短短十年里就达到这样的水平,我们也从此获得了振兴歌剧的信心。

我同时也在中央音乐学院教学,培养了一批学生,这批学生现在都在国内外音乐界重要的岗位上。我还做了些社会工作,因此他们叫我指挥家、音乐教育家、音乐社会活动家。

由于十多年的文化浩劫中断了音乐教育,没有音乐活动,社会成了音盲。当我们恢复上演歌剧《茶花女》《蝴蝶夫人》时,才发现观众已根本不知道这是什么东西了。现实激发我要做一点普及工作,这虽然不是我职业指挥家的职责,不属于我的职业范围,但却属于我的道德范围。我要与听众分享"阳春白雪",就得让他们明白我在干什么。于是我就试着在我指挥歌剧演出的前20分钟,在休息厅里做短短的歌剧音乐欣赏讲座,开始了我的音乐普及工作。

郑小瑛在北京民族文化宫剧场举行20分钟歌剧音乐欣赏讲座
(郑小瑛供图)

李珊：这个做法是从什么时候开始的？

郑小瑛：从1978年开始的，我们恢复到石景山的影剧院去上演《茶花女》时，我发现观众很闹，根本不知道歌剧是什么，还问这是什么戏啊，怎么一直唱，不说话呢。类似这种问题，让我觉得非常尴尬，但是我们能抱怨什么呢？这本来是我们的责任，可是10多年了，我们被剥夺了向观众进行教育的机会，现在要弥补。也并不是人人都有我这样的心气，我问领导能不能在演出广告里加一行字，告诉观众在开演以前有20分钟的歌剧音乐欣赏讲座，大家可以早一点来。这个都没有同意，因为多加一行字大概要多付50块钱还是100块钱，剧院也不愿出这个钱，所以完全是我的个人行为。我就请人在售票处贴一个小告示，然后在开演以前自己带着小砖头录音机和写着歌剧音乐主题的大字报到剧院门口去吆喝，召集观众到休息厅来听我的20分钟讲座，没想到效果非常好。有些老人赶快让孩子们在节目单上做笔记；有的人知道有这个讲座后，还带着录音机来录；有的人头一天错过了，为了听全这个讲座，会再买一次第二天的票，就为了提前来听全讲座。大家如饥似渴的求知欲，激励着我，后来只要是我指挥的歌剧，都有这样的讲座。为了不打扰观众入场，我一直是在休息厅做这个活动，但是后来听众越来越多，就有人邀我上他们学校去讲。我也带着歌剧院的乐队到大中学校去一边演一边讲，讲交响乐，讲歌剧怎么欣赏。这个边讲边演的形式非常受欢迎，就被媒体称为"郑小瑛模式"了。那时媒体问我有什么座右铭，我就总结出了两条：一个是我的目标"阳春白雪，和者日众"，我愿与大众分享美好的音乐；另一个我的做法是"急社会之所需，尽自己之所能"。因为如果社会不需要，我再能也干不成；而我不会的，社会再需要，我也干不成。只有瞄准了社会有需要，我又会的，我就尽力干一点，仅此而已，并没有什么宏大的目标。包括我后来从北京到了厦门，等于是开荒一样，做了一点事，也体现了我这个理念。既然厦门需要，我也会，我就来了。

李珊：确实不容易。

郑小瑛：为什么到1988年又是一个坎呢？那大概是港台歌星涌进大陆的时候。改革开放以后，港台的文化自由市场出现了，那些歌星们到大陆来赚大钱，他们搞一个假唱，都不用声音，就可以赚几十万元、上百万元，而我们《茶花女》的表演者唱一场才补助5块钱。这已不是差几倍的问题了，而是对你的劳动价值怎么看待的问题，所以大家不高兴了，但是又不能罢工。于是有些人就不来排练了，说家里有事，等这些事做完了，要有空才来上班。这样在乐队里首当其冲的就是想认真工作的指挥，因为必须大家都来，排练才有效率，今天你不来，明天他不来，天天来的人生气了，后天他也不来了。于是队伍里头永远不齐，本来三天可以练完的，十天也练不好。这些事情人事干部是不知道的，而指挥却天天在受煎熬，如果遇到没有事业心的指挥，你玩我也玩，砸锅也不是我的事，随便。但我不是这样的人，我从苏联留学回来，看到外国的乐队都是兢兢业业地工作，而"大锅饭"和"铁饭碗"导致了我们这样的懒散，这是我们国家文艺体制的一个致命问题。但这些却不是我们这些搞艺术的人可以解决的，我想开一场正经的交响音乐会，那就要讲求音色、速度、整齐、强弱，有很多细致的处理，是需要全体出勤，需要时间排练的。而大家却希望多演节奏热闹的轻音乐，那样不练就能来钱。那时，被"文化大革命"糟蹋了几十年的大众的欣赏要求也很浮躁，以为流行音乐就是"现代化"，没有心情去思考、去享受、去体验深刻的内容。因此，那个时候在剧院里头我要坚持做有效率的工作，大多数人却想去挣钱，结果领导就把我架空了，给我名誉，而把乐队的领导权交给了能够为大家去找活儿挣钱的人。

那时，其他文化部直属团体的腕儿们早就停工"走穴"去了，我们歌剧院为什么能够坚持到1988年呢？因为我们已接受了赴香港和芬兰国际艺术节演出的任务，为了难得的出国演出，大家还是积极上班，保持质量。出访是非常成功的，可是回到家里，发现其他团的腕儿都去挣钱了，歌剧院没有主角，就没有办法演了。乐队里主要的骨干晚上也在棚里头给歌星录音，一晚上挣二三百块钱，就等于他一个月的工资，所以他不来上班也不怕你扣工资。于是歌剧再也演不成了。我记得1990年整个歌剧院只演了6场，所以我1991年就申请离休了，因为没有事干了。而由于我出国演出了，芬兰等北欧国家了解了我，热情地来邀请我去做客席指挥，但我的领导就不放我，因为人家的邀请都是提前一年，而我们都是以无计划来对付有计划，领导说："明年那个时候可能我们有事，所以你不能去。"我说"文革"已耽误了十多年，我还有几年可以这么耗呢，我离休行不行呢？因为我是有资格离休的，人家也没有正经八辈地留我，虽也说过希望我能留下继续发挥作用，可是我说："你别说这个了，你连我的汇报都不听。"所以那个时候我就申请离休了，不是为了休息，而是为了获得继续干点正经事的自由。

李珊：但是在这之前有组建一个"爱乐女"？

郑小瑛：那个时候，受到港台流行音乐冲击的首都的舞台是寂寞的。我们就搞了一个"爱乐女"乐团，这个乐团都是文化部各个直属团体的骨干，因为直属团体都不开工了，我们才有可能把大家弄到一起搞"爱乐女"这么一个乐团。这是一个很特别的事情，它表现出了中国女音乐家的奉献精神，我总希望社会能够评价它，因为我知道那有多不容易。那时候香港的歌星出来晃一晃就挣那么多钱，引得我们的骨干们也都去挣钱，"向钱看"成风啊。一天我跟司徒志文老师在一起，她是中央乐团大提琴声部长，是中国大提琴学会会长，非常杰出的一位音乐家，还有一位是朱丽，她是总政歌剧团乐队的首席。正好我们三个都是留苏的，于是人们就把我们戏剧化了,说我们在莫斯科就想搞这个乐队,根本不是这么回事。那天我们是偶然走到一起,说有没有可能搞一个小队,把好的音乐送到学校里面去,让孩子们知道除了邓丽君还有那么多好听的中外经典音乐。开始大家心里都没有底,后来一联系,竟有一些女音乐家愿意来,因为大家都闲着,没有事情做嘛。由于反馈积极的都是女性,所以就成为女子乐团了。这也改变了我对女性的看法,对我也是一个教育。你别看我是女的,我原本不太看得上女孩子,觉得女孩子事多,小肚鸡肠,是非多。当时我把丑话说到了前面,演出是没有钱的,有没有人愿去呢?没想到头一次排练就来了十几个人,给了我们很大的信心,因为我们把"没有钱"放在前头,一下子就排除了那些小肚鸡肠,喜欢计较个人利益的人。这个方式,后来也促成了我来厦门组团的成功。这第一批的十几个人,有好多业务尖子,后来有钢琴妈妈周广仁,我国第一个女性黑管专家陶承孝,她还担任过文化部的一个司长,还有黄晓芝,是很杰出的推动小提琴民族化的老师。就是这样一批优秀的女性成为我们"爱乐女"的基础,我们就有信心了。

1990年"爱乐女"的第一张合影(郑小瑛供图)

我们想做"中西合璧",就请来了优秀的琵琶研究生章红艳,后来又接受了国际民乐比赛第一名的二胡宋飞。"爱乐女"里的精英不光是业务精湛,也包括她们愿意为孩子们义务进行健康音乐教育的无私品德。那时没有出租车,乘公共汽车又怕挤坏乐器,平时排练大家都是骑自行车去,大家一拿起电话都不问有多少钱,而是问什么时间,在哪里集合。北京的大学都在西郊,交通非常不方便,邀请我们去演出时,我们唯一的要求就是学校得有车到城市的各个集合点来接我们,就这样我们在五六年里不计报酬地坚持演出了300多场,所以我从心里头敬重这些女音乐家们。

1995年8月30日,在北京奥林匹克运动场郑小瑛与"爱乐女"交响乐团带领全场3万多名来自世界各地的妇女代表一起高唱贝多芬的《欢乐颂》(郑小瑛供图)

李珊:后来为什么散了?

郑小瑛:因为陈佐湟在中央乐团搞了一个改革,算是我们音乐界改革的头一炮。他通过业务考核,调整了任用机制,改变了"大锅饭"和"铁饭碗",文化部支持他,所以就产生了影响,慢慢地各个团也提高了工资,恢复了工作,要走入改革的正轨了。我觉得"爱乐女"已完成了它的历史任务,用不着再要求大家继续尽义务了,正好厦门来找我,我就退出了;司徒她们还坚持了一年,后来各团都恢复上班了,"爱乐女"就淡出了。

李珊:是什么吸引您来厦门呢?

郑小瑛:1997年春节前后,我接到了一个电话,对方是厦门政协的主席蔡望怀,他说他是殷承宗的妹夫,殷承宗的《黄河》在世界上演了300多场,但是在家乡厦门没有演过,因为家乡没有一个像样的乐队。这个情况让厦门的领导觉得应该搞一个乐队,可是他们也深知在体制内搞不成,因为工资太低,大家没有排练的积极性,而是去干点私活,去教学,所以厦门的领导就打算搞一个民办的乐团。殷承宗说,要搞成,就得请郑小瑛来。我跟殷承宗只是认识,没有深交,但我们之间有艺术家的互信。既然他信任我,又是民办,我就有兴趣了,但是我不晓得厦门有没有搞交响音乐的土壤,所以并没有马上答应他。他就说让我过去看看,1997年大概三四月的时候,他们就组织了一个班子,邀请我过来。我到厦门后入住马可波罗酒店,房间里有一个花篮上面写着"欢迎郑小瑛教授",下面落款是洪永世市长。我才相信了这是一个官方认可的事情。那个时候北京舞台萧条,连中央乐团都不演出了,就因为经费困难。我知道没有钱是搞不成乐队的,可是蔡主席说钱不用我考虑,由他们来解决。这一句话就让我认定了他们是有钱的,那样我就可以专心做艺术了。

改革开放以后,我开始有机会应邀到境外去指挥、去演出。我每到一个地方都去调查人家的合同,就是演奏员的合同。我认为必须改革我们论资排辈的分配制度,我也去采访他们的经理。那时我很傻的,有一次,我跟中国音乐家代表团到日本访问,在跟大阪交响乐团的声部长们座谈的时候,我直接就问:"请问你们的工资是怎么分配的?"我都不知道这些是不能够公开讲的。

李珊：直接就问人家最核心的秘密。

郑小瑛：那位经理吓坏了，他说这个等会儿他专门跟我讲。

李珊：在这点上来说您也是先知先觉，您除了音乐，也注意去了解体制的问题。

郑小瑛：对，我在第一线，太知道是"大锅饭"跟"铁饭碗"压抑了大家的积极性，我知道为什么大家不愿意干。我认为一个乐团能不能管理好，关键在分配合不合理。我们的机制是论资，越是年轻，正值刚毕业的黄金时代，工资却最低。而已经退出舞台的老人们，却拿着较高的待遇。于是每次一评职称，我的乐队就闹一次地震，年轻的管乐骨干会说："这个我吹不了，你让一级来吹吧，我是三级的。"要演出了，年轻的主演不愿意来排练，他会说："我唱不了，你让一级演员来唱吧。"这些刚刚毕业正在担纲的青年演员，每个月却只有40多块钱的工资，他们的困难和怨气，党委和人事干部都是不知道的。

李珊：所以您就去考查了解这方面。

郑小瑛：是的，美国大都会歌剧院的业务经理，就直接向我解释了衡量工资高低的市场规律。比如说帕瓦罗蒂在世界一流的大都会歌剧院的演出，待遇并不高，但是他有了在这里演出的身份，就可以到欧洲、到中国去赚大钱了。

李珊：所以当时厦门邀请您的时候，您对乐队管理已经有了自己的一些见解。

郑小瑛：是的，我很想在民营的单位里尝试一下我的这套东西灵不灵。结果是我成功了，音乐界都认为我在厦门爱乐乐团创造了奇迹。因为我的这些成员并不都是挑选来的优秀者，我们的待遇也只能算中等水平，但我们的分配比较合理公正，就调动了大家的积极性，解放了生产力，也赢得了大家对我的信任。用他们的话说，"郑老师不会骗我的"，而我却是把丑话说在前面的。

李珊：当时一来的话，是不是领导给您的自由度也比较大，基本上可以按照您的设想来？

郑小瑛：简单说，那个时候我之所以到厦门来，一个是我对殷承宗有信任，另一个就是陈嘉庚倾囊办学的精神对我的影响。我是个比较正统的人，觉得陈嘉庚作为一个学徒出身的企业家，为他家乡的教育做出了许多的贡献。参观鳌园时，人家告诉我说那些浮雕上的主题都是他提出的，我就很佩服他，这么一个文化并不高的人，满心希望他的后代能够受到教育。他用自己知道的那一点知识，那些戏曲故事里传承的中华文化精神来培养后代，让我很感动。所以，我把厦门也看作一个"阳春白雪，和者日众"目标的延伸，因此，当人家问我说："你在北京这么火，为什么跑来厦门？"我就会问，难道厦门不是中国的地方吗？它需要我来做一点我会做的事情，我怎么能不来呢？当时老伴不赞成，他说我都快70岁了，这哪里是创业的年龄啊！但是我不觉得我老了，我觉得那个事我会干，他们又愿意搞钱，那我就答允了。

鼓浪屿在历史上，是帝国主义最早侵略登陆中国的地方之一，但也是最早把现代音乐文化带到了中国大陆的地方。新中国成立后，由于是对台第一线，准备打仗，就没有发展高等音乐教育，所谓"音乐之岛"这个名字只是过去的辉煌。那时鼓浪屿的居民多有留洋的，回来探亲访友，有时搞搞家庭音乐会，是很特别的。可是现在从全国来讲，它却落后了，厦门人不明白，一直到2002年的小柴比赛。你是哪年来的？

李珊：我是1994年大学毕业来的。

郑小瑛：那小柴比赛你该知道了。那次享誉世界的柴可夫斯基青少年音乐比赛在厦门举行，殷承宗是主席，结果厦门的孩子们连进复赛的都没有一个，厦门人才知道自己真是落后了。加上厦门爱乐乐团的影响，这几年就有了变化，慢慢追上了全国的步伐。

那个时候我想得太简单了，没想到当一个城市的人们对交响乐一无所知时，要求他们从经济上来支持乐团是非常困难的。但是我没有停步，觉得有一种责任感推动着我，"正因为你们不懂，才需要我来做一点事情，我来就是来耕耘的，不是来摘果的"。我带着这帮年轻人，帮助他们树立正确的人生观，努力向他们灌输为人民服务的思想，我们的目的就是提高厦门人的音乐修养，发展中国的交响乐事业。我经常讲，我们要对每一场音乐会负责任，因为我们面对的很可能是第一次听音乐会的人，我们很希望他来第二次。如果他一听音乐是那么乏味，他就再也不来了，所以每一场都要认真。同时，我也用音乐本身的魅力来教育这些年轻的演奏员，因为他们虽然都是音乐学院毕业的，可是受的教育并不完整。音乐学院那些年在教学里是没有合奏课的，因此他们基本上没有合奏的概念，连怎么看指挥都不明白，等于从头再学一次。

李珊：你们最初在鼓浪屿是不是有在经贸干校？

1998年4月，厦门爱乐乐团在鼓浪屿厦门经贸干校开始排练
（郑小瑛供图）

郑小瑛：是的，最初是住在那边空置校舍的筒子楼里，后来因付不出房费，被人赶出来了。我们曾经被人赶到鼓浪屿三丘田的荷花歌舞厅，晚上他们歌舞，白天我们排练，给了我们几个包间作为办公室。也曾把鼓浪屿的音乐厅给我们用，条件是我们必须接受十来位体制内的退休人员，真是非常困难。但是我没有放弃，坚持埋头苦干，五六年以后，厦门市民遴选十张"城市名片"，就有了我们一个。

李珊：啊！那是我们单位发起的！（当时笔者任发起并举办活动的厦门新闻广播副总监）

郑小瑛：2002年，我们跟朱亚衍去厦门的友好城市——日本佐世保演出，是他第一次称我们是厦门的一张城市名片，然后是你们又搞了一次正式评选厦门十大城市名片的活动。我特别记住了这个事情，因为这对举步维艰的乐团是个很大的支持。

李珊：那是2006年搞的。

郑小瑛：刚来的时候，由于厦门本地没有合格的演奏人才，几乎每一个乐手都要从北方招聘，因而我们的工资是跟改革后的国交看齐的；否则，没有人肯来。厦门人那时说："你们的工资那么高，乐器那么贵，奏的音乐我们又听不懂！"

经过我们的辛勤耕耘，慢慢得到了老百姓和厦门音乐界人士的支持，厦门音协的老主席杨洋就说了一句话："厦门现在不能没有爱乐乐团了！"我也就安心了，我们终于可以扎根厦门了。

在内部的管理上，我是既跟国际接轨，学习他们的劳动价值观，但是也不脱离中国的现实。比如北京的中国爱乐聘请的外援都有2000美元的工资垫底，再加上他们的岗位工资，而使他们的工资比中国乐手同事要高出很多。有一个境外的乐团，特聘首席小提琴的工资竟比一般弦乐高出8倍！我是赞成乐手的待遇因其不同的岗位责任和技术水平而保持一定差别的，但我不赞成在我们国家搞过度的差别，因为看起来工作条件、工作量都是一样的。于是我就参考了国外，自己制定了一套分配的办法，自认为还是比较科学的。一开始还有个别人跳槽，后来就没有了，我们与全国有音乐季的乐团相比，工资不算高，但是因为我们的方式比较公正，大家就接受了，也接受了我们扎根厦门的理念。

另外一个是思想引导，引导他们正确地理解我们做音乐人的责任是什么。我说，给大家争取合理的报酬是我们领导的责任，但是你们不应该因为没钱就不干，因为你们的义务是为人民服务，而不单是为钱干，不管待遇多少，你们都应该为这个事业付出应该有的劳动。

每年我还要求他们写思想总结，梳理自己的收获和问题。比如我要求大家想想这一年自己最喜欢哪一首作品，为什么？自己最喜欢的指挥是哪几位，为什么？因为我认为演奏员是最好的指挥评论家，他们有通过实践来比较多位指挥的机会，所以他们最有发言权，我希望从他们中间能够产生未来的音乐评论家。再问他们对乐团有什么建议？我很高兴他们没有人不写的。你看，这些都是他们每一年考核的资料、他们的思想总结、他们的汇报等，我都留着。我认为，这样才能引导他们认识音乐工作的严肃性，只有尊重自己的事业，具备一个艺术家的尊严，人家才会尊重你。

李珊：这些年你们为社会公益也做了很多，像当时海沧大桥的通车。

郑小瑛：那时潘世建是路桥公司的老总，我很欣赏他对音乐的认可和喜爱。我们乐团刚刚成立的时候，厦门路桥公司就主动赞助了乐团50万元。我很意外，曾问他是否应当宣传一下，以表示我们的谢意。他却说不需要，只希望我们能够给他的干部、经理们搞一场排练、一次讲座，让他们知道艺术家是怎么劳动的。于是在一个礼拜天的早晨，我就在三丘田搞了一次排练，他的经理们一早就过来了，看我们的排练，听我的"音乐人生"讲座。我看到有记者来，但是他不让他们发表文章，我注意到了这点，非常感动。

奥运圣火传递厦门站第 97 棒（倒数第 4 棒）的火炬手郑小瑛（郑小瑛供图）

后来海沧大桥要通车了，前两天的晚上我们就在那里做了一个大型表演的录像。我让厦大 300 人的合唱队与我们的乐队一起高唱了《欢乐颂》，还演奏了刘长远献给海沧大桥建设者的小提琴协奏曲《诗篇》。那天海沧大桥上灯火辉煌，吸引来了在大桥下面翻滚的白海豚和翱翔在大桥上下的白鹭，情景十分感人。那也是我们乐团开始为厦门服务做的一件事。

李珊：当时《土楼回响》也是一个特别里程碑式的作品吧？

郑小瑛：是的，刘湲作曲的交响诗篇《土楼回响》的产生和推广完全体现了社会主义先进文化的正能量。来到厦门不久，我就对我的祖籍永定非常好奇，我想去看看老家是什么样的，也想去看看被美国人误认为是导弹发射井的奇妙的客家土楼。正好我妹妹来看我，我们就一起去寻根了。

当我第一眼看到土楼时就非常震撼，因为我有一个对比。在

1999年12月31日，厦门爱乐乐团与星海合唱团、厦门大学合唱团在新落成的海沧大桥上演奏《诗篇》和《欢乐颂》(郑小瑛供图)

北方我在农村参加过土改，越是贫困的地方越没有文化，可是这些离永定县城还有两个钟头车程的山沟里头，竟有这么宏伟、科学，而且漂亮的建筑，里面充满了文化。它的石雕、木刻、楹联、族训等，无不彰显着客家人了不起的民族凝聚力和他们顽强保存祖先文化的精神。于是我就形成了一个认识，我的祖先们不是挑着担子卖儿卖女的逃荒者，他们是在改朝换代、政权交替的时候，顽强地带着他们的政治理念和文化知识，举族南迁的政治逃亡者。

所以当他们告诉我说当年是龙年，第14届世界客属恳亲大会就要在龙岩召开，我就突发奇想，要是有一部表现客家人奋斗史诗的交响乐在大会上演出就好了，当时有一个电视台把这个想法录了下来。后来我的妹夫葛顺中帮我找到了年轻的作曲家刘湲，他原来是上海歌剧院的干部，当时正要到中央音乐学院读博。我的朋友杨力帮我到香港找到了资金，这也是一个很偶然的机会。杨力是福建省侨办的一个资深记者，她在香港见到了世界客属总会的会长郑赤琰，他是龙岩大会的赞助方。杨力对他说，在恳亲大会上如果能演出一部交响乐多好，可是大概需要有20万元的经费。郑教授就说，问题是谁愿意做这个事情，能不能做成？杨力说郑小瑛想做这个事，他就高兴地说："20万元好找，郑小瑛难求啊。"杨力高兴极了，马上就告诉了我。后来郑教授到龙岩去，经过厦门，我就告诉他，我的妹夫帮我联系到了作曲家刘湲。

刘湲的父亲是客家人聚居的连城的一个空军基地的司令。刘湲原来是江西部队文工团的，每年寒暑假都要遵父命回来接受贫下中农教育，所以他对客家山歌是有接触的，而且也同意我的艺术观点——音乐应当是能够听的。这首作品首先应当是为客家人写的，希望客家人能够喜欢，做到雅俗共赏吧。

李珊：当时有没有要求也要有合唱的部分？

郑小瑛：没有，这都是作曲家的创意。他很同意我的观点，我就说这个作曲非他莫属啦，他也高兴地接受了。所以，当我告诉郑教授我找到了作曲家时，他马上说让他过来呀，我说他在上海呢，他说这有什么！我才觉得，是呀，郑教授都从香港来了，为什么刘湲不能从上海来呢，不就是路费问题吗，我可以解决啊。我就立即打电话让刘湲过来。就这样，他晚上才到，郑教授也是性情中人，两个人彻夜聊天唱歌，第二天一起到了龙岩，那边展示了最好的歌舞，请来了山歌王李天生，还有吹树叶的能手等，后来都被刘湲用在《土楼回响》里了。

你有没有去过南溪？

李珊：没有。

郑小瑛：南溪现在叫土楼沟，它有一个观景台，站上去可以看到山涧两旁密密麻麻的土楼，就好像穿成了项链的珍珠串，方的、圆的、簸箕形的，密密麻麻，什么样的都有。人们逐水而居，在山涧旁边筑成了大大小小、形态各异的土楼。

李珊：好壮观啊。

郑小瑛：每一座土楼里至少是几十个人，大的是几十户、几百人。这一串几千座土楼，要有多少人，有多强的凝聚力啊。因为一座土楼不是两三年就能修好的，有的可能要经历两三代人才能完工，凝聚了客家人团结奋斗的坚毅精神和生命活力。刘湲很感动，当时就提笔写下了"土楼文化震撼我心"的题词。郑教授也在山头上高歌一曲，山谷里回荡起他的歌声，他脱口而出："我们的作品就叫《土楼回响》吧。"这名字就是这样来的。

作品几个月就完成了，有表现客家人团结奋斗、崇文重教、念祖开拓、展望未来，长达40分钟的5个乐章。我们的首演就在龙岩的体育馆里，我曾极力争取要进世界客属恳亲大会的开幕式，希望从台湾请来的客家嘉宾们能够听到这第一部表现客家史诗的交响乐。可惜当地领导还不知道交响乐是何物，担心没有人要听，只许我们在闭幕式上表演，那时领导和重要嘉宾都走了。那些来自世界各地的三四千客家人代表，尽管多数也是第一次听交响乐，可是动人的音乐竟能够让他们中间有人流下眼泪，我觉得很了不得。

第二天我又把队伍拉到几十公里以外的永定土楼里去演，并请电视台拍下来。我告诉他们，在古老的土楼里能够奏响现代的交响乐，这拿到西方去就是一个很亮的宣传点。可是那里的领导人根本听不懂我这句话，他们觉得这个东西跟他们毫无关系。直到后来我们在欧洲的巡演为土楼带来了高端游客，他们才相信了交响乐对西方游客的影响力。

在龙岩首演成功以后，我们才在厦门亮相。我把福建和厦门的音乐家都请来，还从北京请来了刘湲的博士导师吴祖强。又得到了各位专家的肯定，我们才将《土楼回响》的录音送去申报金钟奖，结果获得了唯一的金奖。

既然有了一部雅俗共赏的优秀国产交响乐，我们的任务就是把它带到满世界去演出。第一次出去，是由于一位友好的日本作曲家团伊玖磨先生的承诺,我曾经指挥过他的歌剧,他对我说:"你的乐团如果搞好了,可以到佐世保来演出。"我到厦门后才知道,佐世保是厦门的友好城市。他真没有食言,在他去世后,佐世保的市长竟亲自来厦门邀请我们,使我非常感动。《土楼回响》第一次走出国门,就得到了非常好的反响,也增强了我们的信心。

现在这5个乐章40分钟的作品,加上我的讲解差不多有50分钟的大型交响套曲,已经在12个国家演了71场了。这可说是创了中国交响乐历史上的一个纪录吧!

2007年,厦门爱乐乐团在德国柏林爱乐大厅与中国柏林学友合唱团合作演绎客家交响诗篇《土楼回响》(郑小瑛供图)

李珊:您2013年离开厦门爱乐,2014年就动了一场手术?

郑小瑛:是的,2014年、2015年两次发现了原发性肺癌,及时做了靶向放疗,已经控制住了。2013年10月,我遭遇了意料之外的不公正,使我毅然离开了我心爱的乐团,心情是非常痛苦的。我劝阻了要为我讨个说法的学生和朋友们,然而默默地,心存感激地接受了他们的好意。漳州开发区直接邀请了我与中央歌剧院去演出;俞峰邀请我出席中央歌剧院新剧场奠基典礼和中央的春节团拜,还聘我为终身荣誉指挥,请我在阔别20多年后再次执棒歌剧

《卡门》在清华的演出；胡咏言也以"王者归来"的表语请我指挥了中央音乐学院乐队学院的音乐会；钱程请我在天津大剧院指挥中央音乐学院合唱队，演出了莫扎特的《安魂曲》……朋友们和观众的热情，都让我很感动，给了我新的勇气和活力。

2014年4月，中央歌剧院授予郑小瑛"终身荣誉指挥"称号（郑小瑛供图）

2014年4月，郑小瑛在阔别23年之后再次执棒中央歌剧院的《卡门》（郑小瑛供图）

李珊：您 2016 年指挥完歌剧《岳飞》以后,还去爬黄山了？

郑小瑛：是的,其实是在合肥做完讲座后,又去看了一个民间组合的乐团。他们邀我再上黄山,我欣然应允。我上次是爬上去的,从前山上去,后山下来。现在虽然有缆车上去,要到"猴子观海",还有一段很陡的是需要爬的。我在大家的帮助下,又再次登顶了。

总的来说,我离开厦门的乐团以后,又回归到了全国的音乐圈。到厦门 16 年,我几乎不知道上海、北京在发生什么,现在我想去了解,特别是一些新生的民办乐团,沈阳、西安、贵阳的,我都去过了,我发现它们都比体制内的乐团有纪律,有活力。还有就是去了解各地的歌剧。我带着厦门工学院郑小瑛歌剧艺术中心的中文版《茶花女》和施光南的《紫藤花》参加了第一届中国歌剧节,拿了两个奖。第二届,我去看了 16 部歌剧,知道了全国歌剧大概的状况,还执棒了福建歌舞剧院推出的莫凡的歌剧《土楼》。大家知道我现在"自由"了,也不断地请我去讲座,去指挥。2016 年底在国家艺术基金的支持下,我还率福建交响乐团到澳洲完成了"土楼南行",圆了我的"土楼环球梦"。

去年为了宣传我洋曲中唱的理念,我在国家大剧院上演了马勒的《尘世之歌》。这是马勒用翻译成德文的唐诗写的一部交响乐,现在有人把它翻译成了中文,我把它们配歌到马勒的音乐里,让中国人可以听得懂,就是"洋曲中唱"。目前我这观点在学术界还属于孤军奋战,但我想早晚有一天人们会同意的,包括我主张西方经典的歌剧也应该用中文演唱,才可以打动中国人,才能够更好地懂得音乐和歌词是怎么结合的;否则等你看懂字幕,台上的表演也过去了。现在是台上的演员不见得懂得自己在唱什么,更不明白对方的意思,而台下的观众更是莫明其妙。可是这样的一部歌剧投入的物力人力又是难以计数,完全是一个物无所值的、浪费国家资源的虚伪舞台。

李珊：您接下来有什么计划吗？

郑小瑛：我还在以通过西方优秀歌剧的"洋曲中唱"来培养中国优秀歌剧人才为项目，再次申请国家艺术基金，希望这次能够得到领导的理解和支持。

另外，我正在把我60多年的指挥实践和教学经验系统化，在"爱艺术＋"网站上播出的同时，也在厦门工学院举办半年期的"郑式指挥法基础研修班"，向年轻一代传授科学的、有表现力的指挥技法。

小车不倒，继续推而已。

郑小瑛指挥照（郑小瑛供图）

让孩子快乐学习成长的"教育魔法"
——厦门实验小学原校长尤颖超口述实录

口述人： 尤颖超

采访整理人： 李珊

时间： 2018年8月15日上午

地点： 比特易国际早教厦门中心

口述人简介：

口述人尤颖超（尤颖超供图）

尤颖超，男，1951年12月出生，厦门实验小学原校长，福建省特级教师，曾获福建省"五一劳动奖章"，被评为福建省中小学优秀校长、厦门经济特区建设30周年杰出建设者。

他曾是厦门市首次教师职务聘任中年龄最小的小学高级教师。1988年,他担任厦师二附小校长,大力加强班子建设,狠抓教师队伍管理,精心规划学校发展。1993年,厦师二附小被评为福建省"文明学校"。

1998年,他调任厦门实验小学校长后,坚持"实验"与"示范"的宗旨,制定了教师队伍管理改革方案,推行择优上岗、教师竞聘制度,创设了"二级导师制师徒工作小组",促使不同层次的教师努力上进;他重视树人立德,坚持把德育放在学校工作的首位;他进行了一系列教学改革,创造机会让学生在社会实践中锻炼成长。厦门实小的教育受到社会的认可,2008年成为全省唯一有"全国文明单位"称号的小学。

他重视支持薄弱学校的发展。厦门实小与新疆阜康市第二小学结成对子"手拉手",帮助该校成为当地基础教育的窗口学校,2006年阜康市人民政府决定将该校更名为"阜康市厦门实验小学"。2006年,厦门实小与集美区教育局签订了共同办好灌口小学的协议,在厦门实小的帮扶下,灌口小学办学质量得到了极大的提升。2008年,厦门实小选调5个学科的教研组长支持新开办的厦门五缘实验学校,为五缘实验学校的发展奠定了基础。后来,厦门实小又陆续被抽调干部,到厦门五中、厦门五缘第二实验学校、厦门音乐学校分管小学部工作。

李珊:您是土生土长的厦门人吗?

尤颖超:是的,我出生在厦门,成长在厦门。

李珊:您曾经读过哪些学校?

尤颖超:我初小是在一所民办小学读的,那是一所四处漂泊的学校,没有固定场所,而且只有初小,全校4个班,每个年级1个班。初小毕业后,我考上霞溪小学念高小。小学读完了,1965年考入厦门六中念初中,一年都还没有读完,"文化大革命"就来了。1969年3月9日,我成为厦门市第一批上山下乡的知识青年,到闽西上杭去插队。1974年被贫下中农推荐上学,最后被录取到龙岩师范读普师。

在龙岩师范读书的时候,真的是遇到了一些好老师。因为龙岩地区把下放到闽西的原福师大、福大、福建教育出版社的老教授、老知识分子抽调到龙岩师范当老师。所以我们在龙岩师范读书时,虽然是工农兵学员,半工半读、半农半读,但是遇到了那些好老师,所以还是学到了一些当老师的本事。当时的老师们对特别喜欢读书的学生都很偏爱。我们这些厦门的知青学员,因为以前读书都不多,上了师范以后十分珍惜这个机会,个个如饥似渴,所以老师们对厦门这些知青学员也特别偏爱。1976年我在龙岩师范毕业后,就留在龙岩师范附小任教。那一年龙岩师范附小就留了两个毕业生,一个是我,还有一个是一位数学老师。

李珊:您是教什么学科的?

尤颖超:我是教语文的。我在龙岩师范附小工作了3年,1979年我申请调动,就调回了厦门。

李珊:当时是回城吗?

尤颖超:不,那个时候对我来说不叫"回城",因为我都有工作了,在闽西待了十年多,特想调回厦门。1979年我调回厦门的时候,正好1978年省里确定了全省16所首批办好的重点小学,厦门有两所,一所是实验小学,一所是何厝小学。这两所小学校名前面都被冠以"福建省",即福建省厦门实验小学、福建省厦门何厝小学。

何厝小学从一所十分普通的渔村小学一夜之间变成了省重点。为什么何厝小学会作为省重点?因为它有着光荣的历史,它是"英雄小八路"的母校,是《中国少年先锋队队歌》的发源地。当初这所小学12个班,也就是一个年级两个班。我1979年回来的时候,何厝小学正需要进一批教师,市教育局一下子就把我分配到这所学校去了。

当初何厝还是"对敌前沿阵地",公交车一到何厝站,下来的所有人都要被检查,何厝村基干民兵家家户户墙上都挂着枪。那个时候何厝观音山的边防是守得很紧的。报到第一天,我们三四个新老师对"前沿阵地"十分好奇,想到海边去看一看,就来到观音山脚下,眺望金门岛,想不到突然身边冒出了几个解放军战士。他们端着上了刺刀的步枪把我们围住了,要我们"不许动"!后来经过询问和调查,证实我们是何厝小学的老师才放人。看看现在的何厝,四十年过去,变化有多大呀!

何厝小学被确定为省重点小学后于1981年盖的新校舍(尤颖超供图)

李珊:当时何厝小学离您家有多远?

尤颖超:很远,我家在中山路,那个时候从轮渡到何厝,一天只有两三班的公交车,如果骑自行车到学校,得一个小时。当时一周是六天的工作制,我们一般是周六下午开完会后回来,住一个晚上,星期天下午就要回去学校。

李珊：住在学校？

尤颖超：是的。

李珊：当时的条件怎么样？

尤颖超：那个时候条件算很艰苦。学校就只有两溜石头房子，平房，总共也就不到20间教室，厕所是露天的。每溜平房的中间部分是宿舍和办公室，两溜房子之间隔着小小的操场。虽然条件辛苦，但是大家在那边也挺快乐的，过的是集体生活，吃的同一锅饭，做同样的工作，同事之间很和谐。

李珊：二十年前，厦门市教育界的人们都说何厝小学是厦门市小学校长的摇篮，真是如此吗？

尤颖超：确实，在20世纪末21世纪初，社会上有这样的评价。我是1987年2月从何厝小学调到厦师二附小（现厦门第二实验小学）的，1988年8月担任厦师二附小校长。后来，一些在何厝小学磨砺过的年轻人也纷纷被调到其他小学当校长，比如冯又驹老师任松柏第二小学的校长，曾建胜老师任外国语附小的校长，汪杉民老师任嘉滨小学的校长，孙建足老师任莲龙小学的校长……甚至连我们在何厝小学教出来的孩子现在也有出来当校长的，比如故宫小学的何雅琳校长、前埔北区小学的石亚珠校长，还有不少人担任了副校长职务。

在何厝小学时期，对我们来讲是一种磨炼。一些出来当校长的老师，都觉得自己身上有着何厝小学老校长的影子。何厝小学成为省重点小学后的第一任校长叫林松概。他很年轻的时候就当了校长，到何厝小学当校长时已40多岁了。他不仅治学严谨，管理有方，而且在我们眼里他是一位全才，琴弹得很好，曲作得很好，篮球打得很好，字写得很好，合唱指挥也很地道。他当校长，经常下班级听课，不仅什么课都听，而且听完后还可以一起讨论交流。

李珊：您刚才说他治学严谨，能不能举个事例说说？

尤颖超：我们那时都在学校住，绝大多数老师家庭都在市区，每周只能在家待一天。有的老师由于家中有事，往往在周三放学后回家一趟。偶尔回去一次两次还好，要是每周当中都要回去，他就会表现得不高兴。他认为路途那么远，一上一下得花多少时间啊，经常这样，怎能不影响工作呢？平时他对我们的工作要求是很严格的。有一次期末，我觉得手头上的工作忙不过来，因此班主任工作小结写得比较应付。结果第三天，他就叫我到他办公室。我看他办公桌上放的就是我的班主任工作小结，上面用红笔像涂鸦似的修改得面目全非。他的办公桌面上还摆放着一叠班主任工作小结和一叠教学工作小结。这两叠工作小结最上面那份也都经他阅改过。你想一想，如果一个校长这么用心地管理、要求、引领这支教师队伍，还担心这个学校发展不起来吗？

李珊：你们一周六天住校，除了工作，还有什么活动吗？

尤颖超：我们那时基本上是一个星期要打三四场篮球。下午学生放学了，我就打篮球，和驻军打，和民兵打，再没人就校内老师自己打。

有人会问说，不需要辅导学生吗？不需要。因为我们的学生都是农村的孩子，每天一放学就得去捡柴火，帮家长忙农活，做家务，喂牛羊猪。作业布置多了，或者放学把孩子留下来补课，第二天家长可能就不会让孩子回来读书了。尤其是高年级的女孩子，个个都是家中的小帮手，最容易辍学不来的。那个时候我们的辍学率控制得很严格，如果有哪个学生不来上学了，就得赶快去家访，去求家长。只要学生没来，就得天天去做工作，一直到他来上课为止。所以我们那个时候只能靠着很认真地备课，很认真地上课，很精心地编制作业去提高课堂教学质量。

我刚去何厝小学的1979年，整个郊区的升学率也就百分之四五十，何厝小学的升学率在全区平均线上下；但到1981年，也就是被确定为省重点小学三年后,学校的升学率达到98%,名列全区第一。从此以后,一直到我1987年调离何厝小学,何厝小学升学率一直徘徊在98%～100%之间。除了学业成绩在全区名列前茅,我们的少先队活动也十分活跃,团中央曾两次在何厝小学举办过现场会。

那个时候何厝小学的办学质量为什么能在短短时间内有一个飞跃?靠的是一位优秀的校长,一帮敬业的教师。那时在何厝小学,可以说教育教学的研究是无时不在,无处不在:坐一起吃饭时可以商讨教学,在街上散步时也常常在讨论课堂上遇到的问题,在洗衣服时也经常在对词语的不同理解而争辩,改作业时对答案的不同观点人人可以各抒己见……回想过去,真的深深感到:一名教师的成长靠的是自觉,是认真,是实践中的不断总结和反思。

李珊:您刚到何厝小学时担任了什么工作?

尤颖超:我刚到何厝小学时被安排负责高年级语文教学,担任班主任,还兼任全校的少先队总辅导员。后来,为了尽快提升学校运动队的成绩,我们几位年轻教师还协助体育老师抓运动队,兼任了田径队的教练。每天早晨我们很早就要起床,带田径队,一个人带一个项目、几名队员。我刚去的时候,何厝小学的田径队在全市小学生田径运动会上连着三年都只能捧着"零蛋"回来。后来,我们憋着一股气,把田径队拉起来了。从第四年开始,何厝小学在全市小学生田径运动会上就开始与实验小学、集美小学、民立小学、大同小学、同安实验小学等进入第一梯队,而且常常进入前三甲。

那个时候,何厝小学的年轻教师就是这样子,很和谐,很认真,很敬业,很拼命,大家都把爱给了学校,给了何厝小学的孩子们。虽然当老师工资不高,地位也不高,但看到这些农村孩子的成长,看到学校取得的成绩,我们乐在其中,干得还是挺带劲的。

李珊:那个时候工资多少钱?

何厝小学的少先队活动（尤颖超供图）

尤颖超：好像就是几十块钱，我记得当初牡蛎一斤八分钱，冬蟹一斤也才一毛二。

李珊：那个时候在何厝小学工作压力大吗？

尤颖超：压力当然不小！一是我们承担的工作多。二是大家都很努力，你是不能拖人后腿的。三是何厝小学作为一所省重点小学，既要经常接受参观、考察，承担省里一些与农村小学教育相关的会议和活动，又是厦门师范学校的实习基地，经常要开公开课。所以上公开课对我们这些比较年轻的教师而言，是家常便饭。每次对外举办的教育教学活动结束之后，我们常常就会做些随笔，进行反思、总结，有时候还会写一些文章，寄投教育刊物。

当时做这些纯属是为了总结教育工作的得失，寻找问题和办法，根本没想到以后评职称会用上这些东西。那个时候我的年纪也不算大，三十来岁，就已经在《福建教育》上发表好几篇文章了。后来，1987年全国教师职称首评的时候，文章发表和公开课都作为申报职务的硬条件。教师职称首评结束，我和林志远老师成为厦门小学最年轻的高级教师。现在想起来,更感觉到一个人如果扎扎实实工作、做事,不求名利,其实历史会记住你的。这可能就是佛教上所说的"因果"吧!

李珊:您在何厝小学待了多久?后来又到了哪所学校?

尤颖超:我在何厝小学待了七年半。这七年半中何厝小学发生了巨大变化。除了我刚才讲的质量飞跃,另外新校舍也盖起来了,名气也大起来了。除了团中央在那里开了两次现场会之外,我们还接待了20多个国家的驻华使节来校参观。我是1979年8月来到何厝小学,1984年当教导主任。1986年8月,厦门师范学校要办第二所附属小学,就是现在地处莲花的厦门第二实验小学,市教育局要把我调到新办的厦师二附小去。结果,何厝小学一时没有人接我的教导主任职务,所以我在何厝小学又待了一个学期,在1987年2月才到厦师二附小工作。

现在的何厝小学(尤颖超供图)

我来厦师二附小的时候,学校有两位行政领导,一位是主持学校工作的副校长,还有一位是从高殿小学教导主任的位置上调到这边来当副教导主任。当时,厦门师范学校也给我安排了一个副教导主任的职务,分管德育,同时教五年级一个班的语文。

厦师二附小虽然是一所新办校,但条件也很一般,一是校园很小,面积才六七千平方米。二是在很仓促的情况下开办的,设施设备没完全到位。三是骨干教师缺乏。要命的是,当时莲花新村是厦门市改革开放之后最早开发的居民新村,设计者的理念很新,要搞成开放式宜居的居民小区。既然是开放式,所有的住宅小区都没围墙,学校也不能建围墙,校园周边只是种植了一圈矮矮的绿篱,这给后来学校管理留下重重困难。

我2月到厦师二附小,才上了一个学期的课,7月刚要放暑假,教育局一张通知就把我借调到市教育局"打工"——到教师职称改革办公室协助工作。一年以后,即1988年8月中旬的一天,刚上班,突然领导找我谈话,要让我回到厦师二附小去当校长,而且是正校长。

我大吃一惊,根本没有一点思想准备,从来没听说过副教导主任一下子可以提为正校长的啊!我感到很心虚,希望领导能慎重考虑一下。但任职文件已下,只能硬着头皮承受了。可能领导也察觉到厦师二附小这所新办校中出现的问题,告诉我要做好思想准备,回去学校之后可能会有一些困难和问题,自己遇到问题要冷静思考。就是在这样毫无准备、毫无头绪的状态下,我回到了离别一年的厦师二附小。

李珊:直接任命正校长?

尤颖超:是的。我当时一点经验都没有,只是心里铭记着"责任"两字。我觉得校长就是要为这所学校的孩子负责,要为这所学校的老师负责,该为他们做的事情不管多难,我都应该要努力为他们争取。

李珊:您回到厦师二附小上任后,学校存在什么问题?您是怎么办的?

厦师二附小校舍(尤颖超供图)

尤颖超：我回到学校，了解了一下学校的情况。那时，急需解决的主要问题有：第一，整治校园环境。由于校园是全开放的，任何人都可以随意地进出校园，只有通往二楼的楼梯口有一个铁闸门。校园里经常会有这种情况：下午放学以后，师生把校园打扫得很干净，第二天早晨一来，一层的走廊乱七八糟，甚至留有大小便。学校一楼成了盲流的栖息处。校园四周低矮的绿篱很稀疏，没有生气，根本起不了围挡的作用。第二，那时公交车非常不方便，学校的青年教师多，很多青年教师来自岛外，他们就只好住在学校，就是住在市区的老师离家也比较远。老师们的中餐只能依托周边的单位食堂，那时真有寄人篱下的感觉，有时候下班迟一点都吃不上饭。住校老师的早、晚餐只能"各显神通"了。老师的生活后顾之忧必须先解决。第三，学校里青年教师居多，尽快构建一个新教师的培养机制十分重要。第四，更棘手的问题是，行政班子那个时候有三个人，一位主持全面工作的副校长，一位主持教导部门工作的副教导主任，还有一位是刚调来不久，年纪颇大的副书记。这三位领导，三足鼎立，常常一言不合便搅得一团乌黑。

整治校园环境,这是外塑形象。校园不整,校园不美,怎么成为一个学园?外面的人怎么看得起这所学校?老师的吃饭问题,不只是填饱肚子,更是一件凝聚人心的事。学校必须要让老师有一种家的感觉。这两件事,都属于物质层面,只要有钱,只要肯花力气,只要用心,就可以出成效。

我到二附小上任的时候,已经是下半年的9月。当时教育经费十分紧张,学校连日常办公费用都非常拮据,哪里还有钱做这些事?我硬着头皮,找赶我"上架"当校长的市教委郑炳忠老主任。郑主任和当时计财处的黄昭钦处长给予了我们很大的支持。很快,食堂盖起来了,而且越办越好,老师的三餐不用愁了。食堂不仅惠及老师,也惠及一些中午无法回家吃饭的孩子。学校食堂成为全市小学里第一个让家长放心的学生食堂,最多的时候有300多个学生在校午休午餐。很快地,学校围墙建起来了,绿化搞起来了,运动场铺起来了,校园环境文化建设渐入佳境。整个校园虽然小,但变美了。

办好学校,环境是一个方面,更重要的是人。学校需要一个好班子,需要一支关爱学生、教学技艺精湛的教师队伍。二附小人的问题,特别是党政班子的问题,让我这个初出茅庐的校长绞尽脑汁。我尝试着做思想工作,但是效果甚微。我深深地感觉到,人与人之间太深的矛盾不仅不好化解,而且往往会因为一点点不悦再添新伤。他们三个人之间的矛盾,不仅影响到学校工作的落实,而且时而将"火"蔓延到我的身上。深思熟虑之后,我向领导做了汇报,并希望领导能予助力,看看能不能先实行干部流动,再通过支部改选,重新建设一个党政班子。但是由于没有接收单位,流动十分困难。我深感到,班子的问题不解决,不但学校不可能发展,反倒将为今后的工作奠下一个不良的基础。因此,我很坚定地向市教委领导要求:真的流动不了,就在校内自己解决。终于我抓住了一个机会,重新任命了中层干部。市教委的领导知道后,给予了我们大力的支持,然后又下了一个文件,任命我兼任学校的党支部书记。又过了两个月,组织处通知我,原来的支部任期已满,可以进行支部改选。从我任校长到新的党政班子重组完毕,用了一年多的时间。

　　班子重组后,教师队伍的建设成了学校最重要的工作。打造一支热爱学生、能吃苦、善钻研、有水平的教师队伍,成为学校的主要工作目标。我在厦师二附小任校长十年,看着一位位走进学校的青年教师不断地成长,不断地发光,心里实在高兴。二附小的孩子,就是在这样一支有爱心的教师队伍带领下健康成长。在大家的努力下,厦师二附小在1993年,也就是在建校后的第七个年头,被评为"福建省文明学校"。这在当时是不可思议的。现在,当年那些进入厦师二附小的青年教师,有的成了区的学科教研员,有好几位也当上了校长。

　　李珊:您刚才说您还年轻,没经验,那么是如何为厦师二附小奠定了良好的基础?

　　尤颖超:说实在的,没有上级领导的关心、支持、指导,没有厦师二附小老师的无私奉献,就没有今天的厦门市第二实验小学的辉煌,也就没有今天我这个校长。

　　讲到厦师二附小老师的支持,我内心就十分激动。我在厦师二附小当了十年的校长,在最困难的头两年,特别是在整顿党政班子的关键时刻,老师们给予了十分有力的支持。不少老教师为了支持整顿班子,还给市教委领导写了情况汇报。在教师队伍建设中,老教师无私无悔,尽心尽力;青年教师认真细心,既努力学习,又勇于探索创新。正因为有了领导的关心、支持、指导,有了老师们的同甘共苦,共同努力,厦师二附小才走向发展的快速道,很快成为厦门市基础教育的一个窗口学校。

当然，在学校的发展中，作为校长的我时刻记住的是"责任"，就是要对得起老师，对得起孩子，对得起家长，对得起学校。这个坚定的理念，这个无时不在的牵挂，让我不得不时时用心，处处用心，用心去想，用心去做，用心去总结。

我举一个例子。学校旁边有一座凌志大厦，是一个香港老板盖的。大厦紧挨着学校，又是高层建筑，当时施工的时候，施工单位根本没有做好安全防范措施，上面经常有脚手架的钢管、水泥块和砖头往下掉到我们的操场。我们向施工单位、向东区开发公司、向城建局不知反映过多少次，但一直没有结果。有一次上体育课的时候，一根脚手架钢管掉下来，砸在一个孩子的脚边，老师们吓了一大跳。我一怒之下，让老师们抬了两张长条桌到校门口，桌上铺上一条洁白的台布，将事情经过写在一块白纸板上，放在桌上，把这段时间从施工大楼掉下来的钢管、模板、砖头等都摆到桌上。当天，有几百个市民在白布上签名声援。这时，开发公司坐不住了，市里有关部门坐不住了。宣传部打电话给市教委，让我们立刻把这些东西撤回去。市教委、市城建局、市宣传部、思明区公安分局及开发公司都派人过来了。我很激动地陈述了情况，并质问道："人命关天呐！反映了这么久，但谁来过问这些问题呢？我们把东西撤回来可以，但是，在座的你们有哪个领导能给我出一张条子，保证今后上面掉下来的东西，砸到孩子受伤了，你们来承担这个责任。"我说："如果你们不给我条子，问题不能解决，东西，我绝对不撤回！"

后来，市政府一位副秘书长出面，召集市城建局、市教委、开发公司、思明公安分局、施工单位领导进行协商。协商的结果：一、责令施工单位当天立即停工，15天整改，把所有施工安全防护工作都做到位。15天后，接受参加协调会的所有单位代表检查，达到安全标准后，才可施工。二、与会领导考虑到这栋大楼离学校太近了，建起来之后，上面住户还可能有东西掉下来，要求建设单位在这栋楼靠近学校操场一侧,盖一个斜斜的护坡,就像屋顶一样,遮挡上面掉下来的东西。三、施工单位必须写出保证,保证今后不再发生类似事情。最后,所有单位代表签字完,我们才把路边摆放的那些东西撤回。

我认为当一个校长,就必须为孩子负责,必须为学校负责,这是我的天职。我不允许社会上的任何人任何单位,随意侵犯学校的利益,侵犯老师的利益,侵犯孩子的利益。我必须保证学校正常教育教学秩序的进行。在厦师二附小当校长的那个时候,我虽然没有什么经验,但是凭着一种责任心,带起了一支爱生、和谐、向上的教师队伍;凭着一种责任心,把学校各方面的工作一件件做好。所以厦师二附小在很短的时间内,就成为厦门市的一所优质学校。

李珊:您什么时候调到厦门实验小学来?又是为什么调到厦门实验小学?

尤颖超:1998年1月5日,我调到厦门实验小学。1997年10月,我的前任苏晚霞校长将到退休年龄,那一年上半年,市教委领导几次找我谈话,要我到厦门实验小学任校长,我一直没答应。1997年10月,苏校长一到退休时间,就没再上班了。当年12月初,市教委将要调整的直属学校十几位干部召集在一起,集中谈话,宣布任免。我被免去厦师二附小的校长、书记,任命为厦门实验小学校长,并被要求1998年1月9日之前必须到位。于是我1998年1月5日到厦门实验小学报到上班。

李珊:从厦师二附小调任厦门实验小学,虽然都是校长,但实际上您是被重用的,为何您不肯去?

尤颖超:主要是感情上舍不得。这十年间,与老师、与学生、与家长、与这片小小的校园有了很深厚的感情。厦师二附小的孩子德智体全面发展;厦师二附小的老师友爱、敬业、向上;二附小的家长常常能顾全学校的利益。十年,我从37岁到47岁,一个人壮年最美好的时光,都倾心在雕琢这所学校。你说,我怎么舍得离开呢?

李珊:当时,厦门实验小学在全市基础教育中处于什么样的位置?

尤颖超:这要从厦门实验小学的历史说起。为了躲避战火,抗战期间,陈嘉庚老先生创办的侨民师范学校西迁长汀。1944年,为了解决本校教职工子女的就学,更为了侨民师范有一个实习基地,侨民师范附小应运而生,这就是厦门实验小学的前身。抗战后,侨师附小随侨民师范迁回厦门。1949年厦门解放以后,侨民师范附小作为第一批被政府接管的学校,改名为"厦门市实验小学"。除了"文化大革命"期间,厦门实小曾经被改为卫东小学,在1978年8月前,这所学校就一直是市属的厦门市实验小学。1978年,省教育厅决定在全省确立首批办好的16所重点小学,厦门实验小学被列为其中之一。此时,厦门市实验小学被更名为"福建省厦门实验小学"。这所学校,在"文革"前和"文革"后,一直秉承"实验"与"示范"的办学宗旨,培养了一大批德才兼备的优秀教师,培育了一茬茬优秀的学生。它在厦门,在福建,一直是基础教育战线上的一面旗帜。

李珊:您在厦门实验小学担任校长有多长时间?

尤颖超:我从1998年1月5日到厦门实验小学任校长,至2012年1月9日那个学期结束后退休,总共满满当当14年。

李珊:这14年正是教育改革不断深化的时期,厦门实验小学在社会上得到了人们的赞誉。这14年你们进行了哪些改革?

尤颖超:在厦师二附小当了十年校长,虽然积累了一些管理的经验,但是学校不同,情况是各异的。我用整整一个学期了解厦门实小的情况。那个学期,我单单听课就听了140多节;每天巡走校园4次以上;每周至少3次的校长碰头会或行政会,及时了解学校工作落实情况,了解师生在学校的表现情况。我还经常与老师谈话,特别注意与学校中3个民主党派的沟通。

1949年厦门实验小学的老校舍(尤颖超供图)

1953年建造的厦门实验小学校门(尤颖超供图)

了解了学校基本情况之后,我有了学校发展的初步构思:一、坚持"实验"与"示范"的办学宗旨。这是实验小学义不容辞的责任。二、秉承"诚、勤、毅、创"的校训。三、坚持"严、实、精、活"的教风。四、发扬"爱生教好,尊师学好"的校风。五、将"五育和谐发展,素质全面提高"的办学目标,微调为"师生和谐发展,素质全面提高",让其内涵更丰富,外延更科学。六、确立了务实明确的办学理念:"创造一切条件,为了教师的发展,为了学生的发展,为了学校的发展。"

20世纪90年代的厦门实验小学课堂(尤颖超供图)

为了学生发展,我们根据孩子生理心理的发展规律,改革了节授课时间,将每节授课40分钟缩短为35分钟;改革了考试制度,将每单元的考试、期中考试、期末考试,改为由年级学科备课组二或三单元考一次,废除期中考试,期末考试由学校统一命题,将考试的目的重心放在检测教师的教学和学生的学习上;严格控制各学科家庭作业,并且每天下午最后增设一节学习自主课,让孩子们在老师的指导组织下,或者自主阅读,或者做作业,或者进行与学习相关的活动。我们创设了"爸爸妈妈进课堂"的活动课程,让家长们发挥自己的才能,为孩子们献上五彩斑斓的课程内容,拓展孩子们的知识面。我们每年都举办艺术节、体育节、阅读节、科技节和运动会,促进孩子们的全面发展。学校还组织了20多个兴趣小组,广泛培养学生兴趣特长。我们强化学生社会生活实践活动,不但始终坚持春秋游,而且从1999年起,每年一放暑假,将全校1700多名学生,以年段为营,组织到部队,到农村,甚至到新疆举办各类的夏令营。我们与中国台湾、香港等地区以及新加坡等国家的学校建立友好的关系,组织学生前去交流学习。我们创新德育工作:创设"假日小队"活动;创设"做社区、大院里好孩子"的活动,将学校良好的德育工作引申到社区……

虽然,那个时候社会上的安全紧箍咒经常令我们难以忍受,但我们始终坚持"高度重视学生的安全教育,高度重视学生的实践锻炼"的科学安全观。虽然"一切唯分数"搅得我们心烦不已,社会上一会儿"××教育"一会儿"××教育"的口号震天,冠冕堂皇,壮阔高远,但我们内心始终如一:教育,不能靠振臂高呼;教育,不能口号无限;教育,不能好高骛远。教育必须遵循规律,踏踏实实,躬身实践。

我们始终认为,教育必须紧盯孩子健康成长的三个基本要素:身心健康;品德、行为习惯良好;好学习,会创造。正因为我们这么想,所以也就这么为孩子的健康成长搭建了一个又一个锻炼成长的平台。

在教师队伍建设上,作为领导,首先要服务教师,要努力改善教师们的生活工作条件。我刚到厦门实小,正是隆冬时刻,当时实验小学雇有一位工友负责为教师做简单的午饭。一天中午吃完午饭,我经过教室的走廊,看到一位挺着大肚子的女教师正在教室里面,吃完后很吃力地将四张双人学生座椅并拢一起,铺上自己带来的被褥,准备午休。看到这,我真觉得心酸。厦门实小住家远离学

争当大楼、大院、社区里的好孩子活动(尤颖超供图)

校的教师不少,大家每天早早到校,下午迟迟才能回家,如何让我们的教师在学校得到更多的温暖?学校党政工很快形成共识:组织教师们一起来共建厦门实验小学教师的精神家园。1998年秋季,学校改造了一栋旧楼,办起了可容纳500人用餐的师生食堂和学生午休宿舍;新盖了一栋教师午休宿舍;在社会力量支持下,添置了3台送老师上下班的通勤车;制定了走访教师家庭的"五必访"制度(新招聘或者新调入的教职工必访;教职工生病住院必访;教职工新婚必访;教职工家遇重大事情必访;教职工家有白事的必访)。为了鼓励教师子女们好学上进,我们还为正在就学的教师子女设立了表彰奖励制度,不仅对考上大学的教职工子女进行奖励,还对在中小学、大学学习期间,获得学校奖励的孩子进行表彰。学校工会每年都组织教师开展各种活动,甚至外出旅游,以活动为载体,激励大家共建友好互助、敬业向上的精神家园。

为了教师发展,我们实行了真正意义上的人事制度改革。在职务评审放开的情况下，学校教代会通过了"保护老教师，鼓励中年教师，激励青年教师"的职称竞聘方案，在校内实行专业技术职务三年一竞聘，废除了高级职称终身制，确立了能上能下的机制，大大激活了教师的主观能动性。

我们创新了"二级导师制师徒工作小组"，充分发挥校内优秀教师的力量，带动培养骨干教师，再让骨干教师培养指导青年教师。所有教师自觉地在"立足学校，立足岗位，立足自我提升"的要求下，长期坚持学习培训。"二级导师制师徒工作小组"的创立，不仅创新了教师培养的新模式，更创造出教师培养的无限价值。

我们狠抓个人自己研备，做实学科集体备课，从中提高教师专业基本功。我们坚持随堂听课与举行课堂教学研讨、优质课评选活动等相结合，在校内为教师的专业发展搭起了一个很大的平台。我们抓住一切机会，鼓励教师参加全国、省、市的一切专业竞赛，经常带着教师到全国各地与优秀教师切磋教学技艺，还为教师举办了专题的教育实践展示会。

总之，在教师队伍建设上，我们传承厦门实验小学的传统，不断完善教师队伍建设的内容，从原来的四字校训（诚、勤、毅、创）、四字教风（严、实、精、活），到"四个特别"（特别守纪律，特别爱学生，特别能奉献，特别会教书育人）的队伍建设目标，德育工作的"四个任何"要求（任何部门在开展工作的时候，要首先想到德育工作；任何教职员工在任何地方，都要成为学生的表率；任何教职员工在任何地方、任何时候，发现任何孩子身上的闪光点，都要及时给予褒扬；任何教职员工在任何地方、任何时候，发现任何孩子身上的不良行为萌芽点，都要及时给予教育、引导），塑造厦门实验小学教师优良形象的四个方面要求（朴素、端庄、得体的外表形象；爱生、严谨、敬业的师德形象；认真、扎实、精活的教学形象；文明、有礼、大方的社会活动形象）。这"五个四"构成了厦门实验小学教师队伍建设的基本内容。

一所学校,班子固然重要,班子成员的团结协作与表率,班子成员相似的价值认同,是引领学校发展的重要法宝;但是教师队伍素质的优劣,在学校发展中尤为重要。没有一支守纪律、爱学生、能奉献、会教书育人的教师队伍,我们的孩子就不可能更好地健康成长。2008年,厦门实验小学申报"全国文明单位"荣誉称号,全省有近10所大中小学校竞争这一称号。一天早晨,市教育局办公室打来电话告知,省教育厅派出的"全国文明单位考核组"八点半将到学校考核。我马上请学校办公室将通知转达行政班子所有成员。八点半,省教育厅考核组准时来到学校。我准备就学校工作做一个全面的汇报,大约要一个小时。没想到我只汇报了十几分钟,考核组长、省教育厅施厅长摆了摆手说:"好了,就汇报到这里。我问你几个问题:1.你们学校高水平的教师那么多,怎么能做到这十年来,没有一个教师在校外从事有偿家教?2.你们的人事制度改革力度这么大,阻力不会很大吗?怎么去落实?3.在当前的背景下,你们的课程改革不影响学科考试成绩吗?"我一一回答了施厅长提出的问题后,接着说,厦门实验小学之所以能有一支爱生、敬业、向上的教师队伍,之所以学校的工作能很好地落实到位,源于我们有一个坚定的理念,就是:思想引领,制度保障,领导表率,党员带头。结果,我们怎么都没想到,全省教育系统唯一的一个"全国文明单位"的名额,竟然落在厦门实验小学。要知道,参与竞争的福州实小是省教育厅的直属小学;要知道,施厅长曾经在申报的3所高校任过党委书记。

李珊:听说2006年,市里决定要将所有原市教育局直属的幼儿园、小学和部分中学下放为区属校,为什么后来厦门实验小学没有放下去?

尤颖超:是的。当时据说为了减轻市财政的负担,市政府决定将市属的2所幼儿园、4所小学和部分中学下放到区里。后来,市委常委会研究后,只留下了厦门实验小学。

李珊: 您认为您在厦门实验小学任校长的14年,厦门实验小学总体是一个什么样的状态?

尤颖超: 可以简单用这么四个词组来概括:继承传统,改革创新,全面育人,稳步发展。这14年中,学校获得了好多好多市级以上荣誉称号,单单全国的就有"全国文明单位""全国精神文明建设先进单位""全国巾帼文明岗""全国教育系统先进单位"等。这14年中,厦门实小还真诚无私地帮扶了新疆阜康市第二小学,促使这所学校改变了面貌。2006年,阜康市人民政府将这所学校更名为"阜康市厦门实验小学"。我们还真诚无私地帮扶集美区灌口小学,促使这所农村小学发生了巨大的变化,成为集美区基础教育的一个窗口。我们还真诚无私地选调5位优秀教研组长,支持新成立的厦门五缘实验学校,为它的起步发展奠定了坚实的基础。

向少先队员祝贺建队日(尤颖超供图)

李珊：您退休的时候会不会觉得特别舍不得，因为一辈子都在做教育？

尤颖超：我不会觉得不舍。一个人年纪大了，在事业上，在工作中，该用心的用心了，该努力的也努力了，到了该退休的时候，就应该要退休。"前人退，后人接"，这是历史的规律，你不能把这个位置永远占着吧。我是退下来了，但还真有许多事情可做，都是教育的事，因为我还兼着市教育学会的副会长和市特级教师协会的副会长。另外，由于集美区灌口小学已经冠名为"厦门实验小学集美分校"，所以集美区聘我当集美分校的荣誉校长和集美区的教育顾问，主要协助做一些小学校长的培训工作。省教育厅还聘我担任福建省首届名校长培养工程专家委员会成员。市公安局也聘我担任市公安系统的督查员。许多学校也经常请我与家长座谈家庭教育的工作。说实在的，自退休后至今也没清闲多少，只是没有那么多的思想负担，没有那么多的工作压力，没有那么多的责任要求。我觉得一个人退休后思想、责任上的轻松是最大的轻松！思想轻松了，虽然事情还有一些，但乐在其中。

在厦门实验小学建校74周年校庆上讲话（尤颖超供图）

附 录

厦门表彰经济特区建设 30 周年杰出建设者

2011 年 12 月 26 日，在厦门经济特区建设 30 周年庆祝大会上，时任厦门市市长刘可清宣读了中共厦门市委、市政府关于表彰厦门经济特区建设 30 周年杰出建设者和优秀建设者的决定。50 位杰出建设者和 10 位优秀建设者身披绶带，亮相庆祝大会现场。

2011 年是厦门经济特区建设 30 周年，为了弘扬特区精神，激励全市广大干部群众，厦门市决定开展"厦门经济特区建设 30 周年 30 位杰出建设者"评选活动，由市委市政府有关部门和人民团体、主要媒体组成评选组，具体组织评选活动。本次评选的杰出建设者，是指从 1981 年 10 月厦门经济特区建设以来，为厦门经济社会发展做出突出贡献的各行各业杰出代表。参评人选面向基层、面向群众、面向典型，范围包括厦门经济特区建设各个历史阶段、各行各业、各个界别。本次评选活动自启动以来，经自下而上推荐、广泛征求意见、相关单位审核、评选组和专家组审议等阶段，在广泛征求意见、充分酝酿的基础上，提出了候选人名单并将他们的事迹通过《厦门日报》等主流媒体登出。

经过层层选拔，最终评选产生了 50 位杰出建设者和 10 位优秀建设者。他们均为厦门经济特区成立以来，为厦门经济社会发展做出突出贡献的杰出代表。评选突出创新、创业、先进模范三大类别,综合不同时期、地区分布、行业归属,注重实际贡献、影响力、代表性和社会公信度。

50位杰出建设者和10位优秀建设者涵盖17个行业,其中创业类占31.7%,创新类占28.3%,一线模范代表占40%。他们是厦门经济特区建设发展不同历史时期的代表,20世纪80年代占26.7%,90年代占26.7%,2000年以后占26.6%。同时,厦门作为一个外向度比较高的城市,外向型经济占较大比重,在经济特区建设发展历程中,港澳台同胞及外籍人士也为厦门经济特区发展做出了积极贡献,杰出建设者、优秀建设者中,港、澳、台胞和外籍人士也占一定的比例。其中,最高年龄97岁,最小年龄30岁。

50名杰出建设者和10名优秀建设者名单

杰出建设者(以姓名笔画为序):

王 焱　王侯聪　王宪榕(女)　王偑侥　尤元璋　尤颖超

冯鸿昌　吉新鹏　庄　岩　刘　丽(女)　刘维灿(女)

孙卫星　李振群　吴文拱　吴冲浒　吴进忠　吴荣南

何祥美　汪　星　张　嵘　张耀华　陈水永　陈孔立

陈成秀　陈秀雄　陈应登　陈金烈　陈清渊　林秀成

欧阳千　郑小瑛(女)　郑成忠　郑英国　郑聪明　侯　斌

姜秋月(女)　夏宁邵　高新平　黄文传　盛运昌　盛国荣

梁仲虬　舒　婷(女)　曾　琦　曾　超　曾钦照　蔡启瑞

蔡培志　滕　达　潘维康

优秀建设者(以姓名笔画为序):

王炳章　王毓泉　叶福伟　许健康　吴国裕　何福龙

陈信忠　洪连珍(女)　盖军衔　曾若虹

后　记

2015年，厦门口述史研究中心在陈仲义教授的主持下正式成立了。很意外地，作为一个刚从媒体跨界到教育的新人，我接到了陈仲义教授的电话，成了第一批加入的团队成员，而且很快就领到了任务：采访一批曾在2011年获得表彰的厦门经济特区建设30周年杰出建设者和优秀建设者代表。通过他们的口述，从各个方面展示经济特区改革开放的历程与成就。

本来以为时间充裕，结果有一天陈教授说，"厦门口述历史研究丛书"第一批中的一本需要临时调整，便把第二批中的一本提前，我的这本应该比较具备条件，所以要求在2018年下半年交稿。回想起来，多亏陈教授的"逼"与"放"。"逼"是指口述史研究中心始终坚持定期开会，汇报各自进度与困难，交流经验；"放"是指陈教授充分相信我们，开会之外几乎从未催促过我，哪怕我迟交了稿子，以至于我在交稿前，用各种借口逃避碰头会，不敢见陈教授的面。正是有了这种压力，才促使我通过各种渠道联系受访嘉宾，克服本职工作的繁忙，利用暑假、周末和晚上进行采访、整理、修改工作。

任务明确后，首先就是甄选口述嘉宾。当时获表彰的共60人，六七年过去了，他们的变动也不小。有的去世了，有的身体状况已经无法接受采访，有的离开厦门去外地发展了，这让我感到口述史采写的急迫性。

在联系本书的受访嘉宾时,他们的认真与负责让我深受感动。这八位受访嘉宾中,年龄最长的郑小瑛老师明年将迎来九十大寿。她从下午三点一口气讲到晚上七点多,老伴含蓄地提醒了一次又一次要不要一起用餐,郑老师依旧意犹未尽;王泽源老先生受王倜傥先生委托接受采访,为了理清脉络,他提前手写了满满七大页厦门航空港发展历史的提纲,并且在口述整理成稿后两度亲手校订,细到标点符号都不放过;曾超博士为了让我深入了解海沧大桥和翔安隧道的修建过程,特地借给我厚厚两大本《工程建设与管理》《厦门翔安海底隧道工程技术丛书》;尤颖超校长视力不好,前些年还动过手术,依然坚持逐字逐句地修改;何福龙先生退而不休,在教育战线忙碌着,我们约在了一所高校的食堂里利用他授课的间隙完成了采访;李振群先生在回忆中展现了他惊人的记忆力,几十年来邮电事业的轨迹他都记得一清二楚,精确到某年某月某日;曾琦先生亲自带我参观他引以为傲的宏泰漳州智慧制造基地,勾勒出"中国制造2025"之"宏泰智慧工业4.0＋"的美好愿景;王嫣明大姐提供了盖工的大量照片、手稿,还让儿子专门去拍摄了盖军衔的大师工作室近照。

这次采访,更像是之前在电台当记者时采访的延续⋯⋯

我的移动硬盘里有一篇直播文案这么记录着:

直播时间:2005年4月30日 10:00—11:00
播出频率:FM 99.6,AM 1107 厦门新闻广播
主题:厦门东通道动工
信号源:翔安隧道动工现场的直播车
介绍厦门东通道的特点嘉宾访谈:路桥专家
东通道对翔安的带动发展嘉宾访谈:翔安区领导
东通道对厦门经济、交通的战略意义嘉宾访谈:计委郑珊洁

这是翔安隧道动工时，我们选择在岛外端进行直播。多亏厦门电信的鼎力支持，让我们的直播车能在一片农田中拉通电源和ISDN，顺利把信号传回滨北广电中心。为了直播的踩点，我们多次往返岛内外，深深感觉到了陆上交通绕行的不便。正是因为这次采访，认识了工程的总指挥曾超。这位博士经常穿着长筒雨鞋，两腿泥泞地接受我们的采访。2009年6月13日，翔安隧道右洞贯通，我在现场一边看着两端的工人举着红旗冲向贯通口，曾总拿着小喇叭宣布胜利会师，不由得一边被他们的激动所感染，一边在潮湿闷热、粉尘遍布、条件艰苦的隧道中为他们的艰苦推进而感慨！2010年4月26日上午9时，翔安隧道正式通车。没有主席台，没有领导讲话，甚至没有烟花礼炮，只有1位老人和6个孩子齐声欢呼："通车了！"随即，市领导和普通老百姓分别乘坐12辆公交车对向驶入翔安隧道，我也在其中一辆车上随车采访，记得当时那辆车上坐的是海堤建设者们。这批最早的厦门拓荒者亲身感受着天堑变通途，岛内外一体化不再是遥不可及的愿望。而曾总作为指挥，被邀请进厦门广电集团的新闻直播间接受访谈。

2006年1月18日，我任职的厦门新闻广播与厦门市委文明办、《厦门商报》等单位联合主办的"厦门十大城市名片评选活动"在厦门人民会堂举行了盛大揭晓晚会。该活动通过发动全民参与，评选10个最能彰显厦门城市特色，凸显厦门城市魅力的关键词作为厦门的"城市名片"，以此唤起厦门人的自豪感，提高凝聚力。在不到20天的时间里，累计超过5万名市民直接参与了短信投票，而间接参与的市民近25万人。由易中天教授等知名人士组成的评审团最终选出了10个最有代表性的"城市名片"，其中就有厦门爱乐乐团。这些年来，厦门爱乐乐团获得过不少荣誉，但是始终把这个厦门市民评选出来的"城市名片"印在节目单介绍上。在采访郑小瑛老师时，她再次提起此事，我告诉她：当年我可是全程参与了这项活动的策划与执行呢!

2008年"5·12"汶川地震发生后,5月23日晚,宏泰集团与厦门爱乐乐团携手举行"众志成城 赈灾义演"音乐会,短短两个多小时里,筹得款项达到200多万元。这些善款和当晚所有票款收入及表演者的津贴劳务都将捐给四川灾区,支援灾区恢复生产、重建家园。我有幸负责厦门新闻广播对这场音乐会进行的全程直播策划和调度,邀请曾琦先生走进直播车接受了现场采访,郑小瑛老师执棒的乐声也通过电波鼓舞和感动了广大听众。

在李振群会长提供的邮电纪念册里,我竟然找到了自己的照片——那是十几年前"5·17"世界电信日时,厦门新闻广播携手通管局进行直播时的工作照。

2011年12月26日上午,厦门经济特区建设30周年庆祝大会隆重举行。曾超代表厦门经济特区建设者做了发言。他说:"多年来,我作为厦门路桥建设集团的总工程师和重大工程项目的技术总负责人,与我的同事们一道,始终牢记党、政府和人民的殷切厚望,以'敢为天下先,爱拼才会赢'的精神,大胆创新、攻坚克难、拼搏进取,完成了一项又一项特区建设的标志性工程……在这些工程的建设中,我们攻克了一道又一道的难题,创造了一个又一个的全国纪录,开创了一项又一项桥隧建设的技术先河。这些工程,是建设者们智慧和汗水的结晶,更是厦门经济特区建设成就的重要标志和精彩体现。"大会上,我现场采访了曾超。他激动地说:"在参与这些宏大工程的建设中,我经历和见证了厦门翻天覆地的历史变化,是改革开放的伟大决策,给我们提供了千载难逢的时代机遇!"

更有意思的是,这几位受访嘉宾之间也有着千丝万缕的交集。在采访李振群先生时,他听说我刚采访过郑小瑛老师,忍不住竖起大拇指:"她九十了吧?前几天晚上我在机场遇到她,本来还想请

笔者作为闽南之声广播的记者在厦门经济特区建设30周年庆祝大会上采访曾超（李珊供图）

位年轻人帮她取行李，她谢绝说不用，习惯了一个人跑来跑去，把箱子一拖，很潇洒地走了。"在厦门爱乐的团里曾经挂着一张老照片，郑老师在鼓浪屿荷花厅简陋的条件下为厦门路桥的员工做音乐讲座并邀请一位员工体验一把当指挥的感觉，站起来的那位正是曾超博士。2018年11月，厦门实验小学建校74周年校庆活动上，曾琦先生与尤颖超校长同框了，原来曾先生是实小1956届的老校友。

他们的讲述揭秘了厦门从海防前线到开放前沿的精彩转身，其中有些细节还是第一次公开披露，弥足珍贵，如曾超总工讲述了从象牙塔里的博士到经济特区建设一线工作的艰难转变，等等。

正是这些鲜活的小故事，还原了他们的奋斗历程。在成稿时，究竟是参照大多数口述史以第一人称整理成单人讲述的稿件，还是保留问答式的对话让我纠结了一阵。最后，我还是觉得应该用对话式的。首先,这样可以尽可能原汁原味地保留当时的场景;其次,这是一次有主题的口述史采访,以改革开放40年的巨变为主题,并非泛泛的口述者个人生平,所以需要采访者的引导以及对重要节点、重要事件的提问与追问。

感谢这八位讲述者,从不同的行业角度,以时间为脉络,为我们揭秘了厦门经济特区的巨变是如何发生的。

改革开放40年,厦门经济特区的发展凝聚着各级领导的鞭策、关心与推动。

改革开放40年,厦门经济特区的发展汇集着众多建设者敢为人先的勇气与聚沙成塔的毅力。

改革开放和建设经济特区的伟大决策,为厦门提供了千载难逢的机遇和广阔平台;而一代代建设者们没有辜负时代的重托,以智慧和汗水铸就了一个个奇迹。正如媒体在厦门经济特区建设30周年特别报道中所写的:"厦门爱我们,给我们生活的力量;我们爱厦门,给厦门发展的力量。"

站在新的历史起点,我们将共同见证,建设者的脚步将永不停止,厦门口述史中心也将继续谱写经济特区建设者们的新篇章!